KB118433

에세이스트의
책상

배수아

장편소설

에세이스트의
책상

문학동네

차 례

1

더 많은 음악,

하고 목소리는 말했다. 그 목소리는 비와 구름으로 무겁게 덮인 하늘 아래 온 세상을 지배했다. 빗물을 가득 머금은 공기가 열린 차창으로 들어와 M의 오른편 머리카락과 뺨에 맺혀 흘러내렸다. M과 나는 비가 들판에 떨어지는 소리를 듣기를 원했다. 빗물은 M의 희고 윤기 없이 창백한 이마를 지나 감기를 앓은 다음이라 더욱 움푹 들어간 눈두덩과 끝이 약간 아래쪽을 향한 코를 따라 흘러내렸다. 마지막 순간에 M이 고개를 들자 그것은 믿을 수 없을 만큼 엷고 섬세하며, 미소 짓고 있지 않을 때라도 양옆으로 충분히 길고, 아침의 태양빛이 스며든 듯 밝고 붉은 입술로 떨어졌다. 섬세하고 완만하

게 두드러진 골격의 광대뼈, 학교에 다닐 무렵 핀족 혹은 에
스키모인의 광대뼈, 라고 놀림을 받았다고 하는 그것 바로
아래의 피부가 경련하듯 순간적으로 떨리는 것을 아주 가까
이서 볼 수 있었다. 들판 저 먼 곳에서 번개가 둔하게 번쩍였
다. 책과 언어가 M에게 절대적인 세상의 징표였다면, 음악은
접근할 수 없는 정신이자 종교이고 영혼 그 자체였다. 우리
는 조용히 비에 젖은 나지막한 언덕을 내려가고 있었다. 언
덕 양옆으로는 베어낸 들판이었다. 검고 어두운 숲의 한 귀
퉁이가 들판 저 너머에 웅크리고 있었으나, 그것이 실제로
존재하는 것인지 아니면 단지 비에 젖은 구름이 지상에 드리
운 그림자일 뿐인지 알 수 없었다. 오전에 나는 서류상의 사
소한 문제가 있어서 관청에 들렀다. 그전에 M은 잠깐 여행을
해도 좋을지 의사의 허락을 받으러 갔다. M의 숙모는 이 주
일 전 죽기 전까지는 시 외곽에 살고 있었고 M과 나는 그녀
의 물건을 가지러 가기로 되어 있었다. 쇼스타코비치를 들을
때 M은 말을 하지 않았다. 더 많은 음악, 하고 라디오의 목소
리는 말했다. 언제나 같은 시간에 라디오에서 들리는 그 녹
음된 목소리가 실상은 시간을 거슬러가는 하늘의 별빛처럼
언제 왔다가 언제 사라져가는 것인지 우리는 모른다. 우리
는 단지 들을 수 있을 뿐이며, 그것은 존재의 절댓값과 언제

나 일치하는 것은 아니었다. 그러나 음악이 없다면, 존재가 도대체 무슨 의미가 있단 말인가. 더 많은 음악. 그것은 인격체라기보다는 단지 목소리라고 불리는 것이 더 정직한 존재이다. 나는 라디오에서 나오는 그 말을 들을 때 한 번도 '그'가 말하고 있다고 생각해본 적은 없다. 더, 더 많은 음악, 하고 그 목소리는 말했다. 보통 수량을 나타내는 많다, 라는 표현은 이 경우에 적절한 것이 아니다. 더 아름답다 혹은 더 슬프다, 더 멀다, 더 죽어 있다, 더 혼자 있다, 라고 표현할 때처럼 그 목소리는 말했다. 더 ……한 음악. 더 죽어 있다, 라고 우리는 아무도 말하지 않는다. 그것은 비교할 수 없는 절대적인 가치이기 때문이다. 손바닥을 뒤집듯이 단지 둘 중의 하나만을 가질 수 있는 문제이다. 음악은 절대적인 것이고 죽음도 마찬가지다. 더 많은 죽음이나 덜한 죽음이 존재하지 않듯이 음악도 마찬가지다. 그것은 영혼의 등가에 해당하는 것이기 때문이다. 음악에 대해서는, 베토벤의 바이올린 협주곡을 두 곡을 듣는 것과 세 곡을 듣는 것을 더 적다, 와 더 많다, 라고 단순하게 비교할 수는 없다. 마찬가지로 한 가지의 베토벤 바이올린 협주곡을 세 번 반복해서 듣는 것과 서로 다른 것 세 곡을 연속해서 듣는 것에 대해서 어느 것이 더 많고 어느 것이 더 적은지 판단할 수도 없는 것이다. 단지 리스트를 작성하려는 것이 아니라 음악을 듣기를 원할 때의 문법으로 '더 많은 음악'이라는 표현이 가능한 것일까. 더욱더 음악적인 어떠한 것이나 (현재 음악을 듣고 있음에도 불구하고) 음악에 대해서 느끼는 더욱 깊은 갈증이나 단지 음악, 이라고 표현되는 단어가 내포하고 연상시키는 모든 의미들의 더한 증폭이나 명확히 경계 짓지 못하는 저 먼 지평선의 영역의 모호함까지도 포괄하는 것일까. 더 많은 음악. 그 말은 어디서 온 것일까. 그 목소리에서 두 개의 베토벤 협주곡과 세 개의 협주곡의 차이를 연상해본 적은 한 번도 없었다. 일반적인 생각대로라면 음악을 내게 더 많이, 라고 말하는 편이 적절할지도 몰랐다. 더 많은 죽음이거나 더 많은 알몸(나체의 개체수를 나타내는 것이 아닌), 더 많은 (단 한 명인) 최초의 인간, 더 많은 우주, 더 많은 음악의 영혼, 더 많은 유일한 것, 더 많은 더 멀리 그쪽으로, 더 많은 멘델스존, 더 많은 M, 그리고 더 많은 그 겨울.

최초에 기억들이 있다. 형식적으로는 눈으로 본 장면들로 이루어지나 본질적으로 청각으로 남아 있는 기억들, 그리하여 마침내는 청각이 다시 그 안에서 스스로 장면을 재현하고 있는 기억들. 멘델스존바르톨리 거리, 음악에 집중하면서 눈

앞에서 내가 타야 할 기차가 왔다가 사람들을 싣고 가버리는 것도 깨닫지 못하고 있었다. 지폐 위에 하얗게 빛나고 있던 클라라 슈만의 초상, 음반 상점의 쇼스타코비치 코너, 수공업자의 거리에 있는 골동품 상점에서 만난 축음기, 지도에 나와 있지도 않게 작은 골목의 악기 박물관, 음악 학교들. 더 많은 음악. 빗방울이 떨어지고 그 위에 다시 빗방울이 떨어지고 다시 또다른 빗방울이 떨어졌다. 다시, 그리고 또다시 또다른 빗방울이 그 위에 떨어지고, 문득 고개를 쳐드니 그러한 아무런 약속도 없이 스스로, 개별적으로 존재하는 세계들이 고속도로와 경계를 나타내는 흰 울짱 너머의 들판 가득히 펼쳐졌다. 비에 젖은, 구름의 그림자가 드리워진 무거운 공기가, 바람에 따라 너울거리는 공기가, 그늘에 잠긴 듯한 저녁의 침울한 색이, 흙과 물과 공기와 색이. 제각기 무한한 자유를 추구하는 그들, 각자 다른 언어를 가진 그들 사이에서 음악가가 화음을 발견하였다. 그러한 빗방울이 빗방울 위에 겹쳐지는 화음은 최초의 한 방울의 영역을 저 들판과 나지막한 구릉과 한때는 황무지였을 그 너머의 모든 구름 아래 세상으로 확장시켰다. M과 함께 방문한 오케스트라 연주회의 무대에서 오보에 연주자가 날카로운 소리를 내는 실수를 했다. 길지 않은 악장 도중에 적어도 두 번 이상 말이다. 그날의 공연은 실망스러운 것이었다. 휴식시간에 사람들이 와인잔을 든 채 홀에 서서 이야기를 나누었다. 섬세한 유리잔이 스치는 소리와 연노랗거나 붉은 와인이 따라지는 소리가 들렸다. 커다란 홀에서 검은 모직 옷을 입은 사람들이 모여 카펫 위에 서서 대화를 나누는 소리, 그것은 낮게 깔리는 연기처럼 대기의 아랫부분을 차지하고 벽과 초상화에 흡수되었다. 겨울의 한가운데에서였다. 또한 상떼 감옥에서 죽음을 기다리는 죄수의 노래, 그것을 나는 M의 방에서 들었다. 곡과 곡 사이, 악장과 악장 사이에 부엌 창문을 잠시 열고 심호흡을 하거나 커피를 새로 만들었다. 처음에 나는 몰두할 수가 없어 지루함을 느꼈다. 그때 나는 쇼스타코비치보다도 M에게 더욱 몰입하고 있었기 때문이었다. 그러나 우리는 쇼스타코비치의 열다섯 개의 심포니를 순서를 정하지 않고 하나하나 모두 들었다. 열한 개의 노래, 일곱번째 노래, 열네번째의 심포니, 작품번호 135, 로르카, 아폴리네르, 릴케 그리고 퀴셀베커의 시. 독창이 시작된다. 어떠한 위안도 잔영도 찬양도 없이 죽음은 전능하다. 그러나 그 노래가 채 끝나기도 전에 나는 상떼 감옥에서, 아니 M의 집에서 나와 돌아가는 길이었다. 처음으로 들어보았던 성악 교향곡은 충분히 인상적인 것이었다. 훗날 나는 그것들의 테마가 단지 하나, 죽음,

그것의 전능을 인정함이라는 것을 알게 되었다. 그리고 단지 그 이유 때문에 그에게 상처가 되었던 가까운 이들의 비난을 견뎌야만 했던 것도. 밤이 깊었고 등불은 보이지 않고 돌이 깔린 길은 고르지 않았으며 전차 정류장은 먼 곳에 있었다. 빗방울 위에 일정하지 않은 속도로, 그러나 지속적으로 또다른 빗방울이 떨어지고 있었다. 그 곁에는 약속되지 않은 간격으로 다른 빗방울이 떨어지고 그 곁에는 또다른 빗방울이, 그 곁에는 또다른, 또…… 그렇게 모든 구름 아래 세상을 점령하고 있었다. 정교하면서도 자유롭고 즉흥적인 수학의 제국이었다.

　내가 음악에 본격적으로 눈을 뜬 것은 예민하던 십대 시절 나만의 오디오를 갖게 되고 그리고 피아노와 바이올린 연주를 배우게 되면서부터였다. 직접 연주를 배운다는 것은 단지 듣기만 하던 음악의 세계를 좀더 근원적으로 이해하게 되는 첫 계기가 되어주었다. 그러나 동시에 불행하게도 나는 연주에 전혀 재능을 타고나지 않았으며 본능적인 음감에 반응하기에는 너무 나이가 많았다는 사실도 포함해서였다. 하지만 당시는 그다지 불행으로 느끼지 못했다. 왜냐하면 그때 나는 음악이란, 어디까지나 세상의 부수적인 것이란 의심을 가지고 있었기 때문이다. 장식이 많이 달린 옛날 의상이나 낭만적인 시나 일주일에 한 번씩 이루어지는 미술수업이나 혹은 드물게 식탁에 올라오는 디저트나 간혹 성적이 좋으면 상으로 극장에 갈 수 있는 것과 마찬가지로 말이다. 필요 이상으로 예민하고 호기심에 가득차고 감정적으로 과잉된 십대의 성장기는 나에게 그다지 좋지 않게 작용했다. 사실대로 고백하자면 아주 추했다고 할 수 있다. 나는 따분한 연주를 계속해서 배우기를 거부했다. 동시에 소름 끼치게 단순하며 아무런 사고 없이 즐길 수 있는 다른 것들에, 대중영화나 음악이나 춤에 더 많은 관심을 가지기도 했다. 내 부모들 역시 음악에 무지했기 때문에, 내가 음악대학으로 진학하기를 원하지도 않았기 때문에, 그리고 이것이 무엇보다도 큰 이유일 텐데, 당장 필수불가결한 것도 아닌 음악에 레슨비를 부담하지 않아도 되기에, 방학을 보람 있게 보내기 위해서 음악 레슨 대신에 컴퓨터프로그래밍 언어를 배우겠다는 내 생각에 동의해주었다. 내 성장기는 모든 불결하고 불충분한 것들로 넘치고 있었다. 당시 나는 피셔디스카우의 레코드를 가지고 있었다. 마리아 앤더슨이나 마리아 칼라스의 것도 있었고 가수의 이름은 지금 생각나지 않는 슈베르트의 가곡집, 〈나비부인〉과 〈라트라비아타〉 등의 전곡 아리아 모음집도 가지고 있었다. 그러나 나는 그런 음악들을 어느새 제쳐두고 클래스메이트에게서 빌린 최신 유행 영화음악집이나 아바의 레코드를 들었다. 당시 내가 지배당하고 있었던 것은 영화나 아바가 아니라 집단에의 복종, 바로 그것이었다. 그때도 나는 진정으로 생각했다. 〈라트라비아타〉나 피셔디스카우가 아바보다 더 아름답다고 말이다. 그러나 아바를 듣지 않으면 나는 교실에서 어떠한 대화에도 전혀 참여할 수 없었다. 극장에 철마다 걸리는 그렇고 그런 줄거리의 번드르르한 영화를 보지 않으면 나는 방과후 모든 아이들이 커다랗게 떠들어대면서 나를 못 본 체하고 지나쳐버리는 광경을 지켜봐야만 했을 것이다. 게다가 내가 〈라트라비아타〉의 장면이나 피셔디스카우의 목소리에 대해서 교실에서 만일 언급한다면 나는 순식간에, 마치 단숨에 함정으로 떨어지듯이, 잘난 척하는 외톨이가 되어 말 그대로 보이지 않는 존재가 되었을 것이다. 나는 불안정한 성장기에 있었으므로 그런 것들을 두려워하지 않을 수 없었다. 할머니같이 고리타분하다, 라거나 재수 없이 잘난 척한다, 라고 평가받는 것 말이다. 게다가 내가 학교에서 배운 모든 것들은 감각적으로 접근 용이한 것들을 향하는 촉수에 대해서 특별히 저항할 이유를 전혀 제공해주지 않았다. 개별적인 자연스러움은 박해받고 무지함이 강요되었다.

당시 학교는 너무나 전능했기 때문에 나는 물론이고 부모들조차 감히 다른 생각을 품지 못했다. 그것은 집단의 선^善과 실리, 그 양쪽을 모두 틀어쥐고 있는 기준이었다. 그리고 그 학교를 지배하고 있는 것은 물론 교사들이었지만 그들은 단지 낮의 왕일 뿐이고 지하의 왕, 모든 암흑과 공포의 왕, 이성과 합리를 넘어서는 무자비한 왕, 날카로운 이빨을 가진 피라니아떼와 같이 희생자를 요구하고 한번 정한 희생자를 결코 놓아주지 않는 잔인한 왕은 바로 이미 충분히 군중으로서의 자질을 갖추고 있으며 나날이 그 방향으로 더욱 교육받고 있는 밤의 왕, 피교육자, 바로 아이들이 되는 것이다.

많은 시간이 지났다. 이제 나는 기꺼이 M의 보호자가 되었다. M이라는 연약하고 오만한 존재에 대해서 믿기 어려울 정도의 강렬한 애정을 느꼈다. M이 또다시 감기에 걸리면 안 되겠기에 나는 유리창을 닫았다. 낡은 자동차 안에서는 기름 냄새가 강하게 풍겼다. M은 약물에 대한 심한 알레르기 때문에 일반 해열제를 먹지 못했다. 더 많은 음악, 하고 목소리는 말했다. 그 목소리가 마지막 음절을 끝내기도 전에 더 많은 음악, 하고 같은 소리가 다시 반복되었다. 그것은 마치 아무런 약속도 없이 연속적으로 떨어지는 빗방울처럼, 모든 구

름 아래 지상에서 약속되지 않은 박자로 첫번째 빗방울 소리
의 여운이 가시기 전에 다음 또 한 방울이 떨어지는 것처럼,
더 많은 음악, 마지막 음절이 미처 끝나기 전의 어느 계산되
지 않는 즉흥적인 순간에, 더 많은 음악, 다음 첫번째 음절이
이어졌다. 음이 연속되었다. 그것은 음악이라고 불린다. 겨
울에.

  쇼스타코비치의 〈비올라와 피아노를 위한 소나타〉는 병원
에 있으면서 완성한 그의 생애 마지막 작품이다. 죽음에 대
한 강한 예감이 느껴진다고 해도 이상할 것이 없다. 그의 말
대로, '나는 때때로 죽음에 대한 공포보다 더 깊은 감정이란
우리 인생에 없는 것은 아닌가 하는 생각이 든다……'

2

최초로 물에 빠졌을 때는, 그것이 현실임을 분명히 알고
는 있었지만 마치 아직도 꿈속에 머물고 있는 것처럼 느껴졌
다. 나는 계속해서 길을 걷고 있으며 꿈속에서처럼 천천히,
장화에 가득 들어찬 물의 무게만큼 무거워진 발걸음을 옮기
고 있다. 슬픔도 공포도 절망감도 아닌 어떤 한없는 중력이
나를 점령하고 있었다. 나는 번지수가 적힌 하얀 표찰이 달
린 집들 사이를 헤매고 있었으며 아마도 길을 잃었을지도 모
르는 터였다. 나는 참혹한 일을 겪었으나 그것이 무엇인지
이미 잊은 터였다. 아니, 그랬으리라는 강한 느낌이 있었을
뿐, 그 기억은 전혀 장면이나 형체로는 존재하지 않았다. 나
는 구체적인 기억을 되살리려는 노력과 동시에 그것에서 가

능하면 멀어지려고 하는 본능 사이에서 어리둥절해하고 있는 중이었다. 그러나 그런 종류의 꿈은 너무나 익숙한 것이었기에 나는 어느 정도 그러한 혼란을 기꺼이 받아들이고 즐기고 있었으며 물에 빠지는 그 순간에도 두려워하지 않았다. 흰 커튼이 쳐진 창가에 내다놓은 싸구려 제라늄 화분과 무서울 정도로 커다란 눈동자를 가진 유리 인형들과 초록빛 성탄절 촛불 장식을 보았다. 그리고 나는 손을 흔들었다. 길 한가운데로 불꽃을 튀기면서 노란 전차가 지나갔다. 물가에는 녹지 않은 눈 사이로 이른 방울꽃이 피어 있었다. 베니가 물가를 따라 뛰어가면서 짖어댔다. 아무 일도 없을 거야, 베니. 이건 단지 꿈일 뿐인걸. 그러나 목소리가 나오지 않았다. 베니는 더욱 커다랗게 짖어대고 있었다. 베니는 물가로 난 숲속길의 나무 사이를 달려갔다. 그러면서 물 한가운데를 보면서 짖어대고 있었다. 베니는 점점 빠르게 달렸기 때문에 마침내는 세상의 축을 중심으로 회전하는 희고 형체가 불분명한 공처럼 보였다. 베니에게 무슨 일이 생긴 것일까? 나는 베니를 위로하고 싶었다. 내 사랑, 아무 일도 없을 거야. 거기 기다리고 있으면 내가 곧 돌아올 테니까. 착하지, 내 사랑. 그러나 베니는 내 목소리를 듣지 못하고 나는 바람처럼 빠르게 달리는 베니를 더이상 볼 수 없었다. 그때 이상하게도 노란 옷을 입은 우체부의 모습이 보였다. 그는 자전거를 길 옆에 세워두고 편지를 한 손에 든 채 초인종을 누르고 있었다. 나는 집에 없어, 그러니까 그냥 편지를 우편함에 넣어줘, 이렇게 생각하는데 머리 뒷부분과 목덜미와 귓가로 찌르는 듯이 차가운 물이 처음으로 닿았다. 그리고 다음으로 잡아끄는 듯한 무거운 물의 무게가 나를 아래로 당기고 있었다. 차가움은, 그 치명적인 정도가 너무 극심했기 때문에 내 몸은 도리어 빠르게 무감각해지고 있었다. 물에 빠졌다는 것을 분명히 깨달았음에도 불구하고 나는 계속해서 걸음을 옮겼다. 그때 나는 내가 계단을 내려가고 있다고 생각했다. 발을 내디딜수록 빠른 속도로 침몰해가는 물의 계단 말이다. 내가 발을 내디디며 내려온 계단은 그대로 사라져버리고 단지 아래로, 아래로 내려가는 길만이 있을 뿐이다. 뒤를 돌아볼 필요도 없이 이미 지나온 길에는 아무것도 남아 있지 않다는 것을 알고 있었다. 돌아간다는 것은 오직 단어로만 존재한다는 생각이 빠르게 들면서, 이건 뭔가 잘못되었어, 하고 중얼거리려고 했다. 그러나 얼어붙은 입이 떨어지지 않았다. 아니 벌어진 입 사이로 얼음 같은 물이 들어와 첫번째 비명 외에는 더이상 입을 움직일 수가 없었던 것이다. 한겨울의 물은, 두터운 겨울옷을 뚫고 스며드는 물은, 영혼을 팔아치워버릴 수 있을 만큼 차가웠다. 악마가 얼음 포크로 나를 찔러대고 있었다. 그리고 물에 빠질 때 아마도 뾰족한 바위에 상처를 입은 듯이 왼쪽 옆구리에 뼈가 갈라지는 듯한 통증이 있었는데, 그것은 눈에 불꽃이 번쩍 느껴질 정도로 극심했다.

이건 꿈이다, 꿈의 연속인 것이다, 하고 나는 생각했다. 이것은 꿈이고, 그러므로 나는 몸을 허우적거리는 수고를 할 필요가 없다. 왜냐하면 꿈이란 원래 이런 것이므로, 그리고 내가 아무리 허우적거린다고 해도 꿈속에서 나는 한없이 무기력할 것이 분명하므로. 그러나 이런 의식과는 반대로 나는 팔다리를 사정없이 허우적거리고 어느새 입으로는 푸우푸우 하는 소리를 내고 있었다. 아직 물에 완전히 가라앉지는 않았으나 물에 흠뻑 젖은 코트와 장화에 가득찬 물은 도저히 어찌지 못하게 나를 사로잡았다. 얼마 지나지 않아 나는 겨우 이마 정도만이 물 밖으로 나와 있었다. 수영을 하려고 노력해봤지만 몸이 의지대로 움직여주지 않았다. 질식에 대한 공포가 온몸을 빠르게 마비시키고 있었다. 무거운 장화 때문에 가라앉는 것이라 생각하면서 어리석게도 장화를 벗으려고 시도하고 있었다. 그러나 숨이 막혀오자 어떤 것도 할 수 없었다. 물위로 뜨려고 발버둥치다가 다시 장화를 벗으려 하다가 마침내는 물속으로 기운 없이 가라앉는 몸을 그대로 방치하고는 이건 꿈일 거야, 하고 생각하는 자신을 발견하는 것이다. 나는 어쩌자고 물속에 빠졌던 것일까. 어쩌자고 아무런 생각도 없이 두 개의 스웨터와 모자가 달린 두꺼운 코트와 털양말과 청바지와 장화를 신고 말이다. 사실은 일 분도 지나지 않았겠지만 너무 오랜 시간이 흐른 듯이 느껴졌다. 더이상은 도저히 어찌할 수 없게 힘이 빠졌다. 더이상은 손가락 하나도 허우적거릴 힘이 없었다. 죽음, 이라는 단어가 처음 떠오른 것은 그때였다. 사형당해 죽지 않아서 다행이다, 라는 생각도 떠올랐다. 기억의 한도 내에서는 아직은 그럴 만한 죄를 짓지는 않았음에도 불구하고 말이다. 언제나 사형에 대한 말을 들을 때마다 마치 내가 당하는 굴욕처럼 몸이 떨려왔다. 제도에 의한 사형은 공개적으로 당하는 태형보다 더욱 굴욕적으로 보였으니까. 사형을 당하는 것보다는 살해당하는 편이 훨씬 더 좋다고 늘 생각해오고 있었던 것이다. 죽음은, 이제까지는 늘 그래왔던 것처럼 멀리 있는 다른 사람의 것이 아닌, 이번에는 분명히 나의 것이 될 터였다. 그것을 받아들여야 한다고 생각하니 처음에는 혼란스러웠다. 이것은 단지 꿈이라고 생각하려고 노력해봤으나, 나는 분명히 숨을 쉬지 못하고 있는 것이다. 당황스러움은 서서히 굴욕으로 바뀌었다. 숨을 쉴 수 없다는 단순한 고통 또한 충분히 굴욕적이 될 수 있음을 나는 그때 분명히 알았다.

나는 내가 M보다 더 빨리 죽으리라고는 생각하지 못했다. M 또한 그러했을 것이다. M은 그것을 입 밖에 내어 여러 번이나 말하기까지 했다. 무리도 아닌 것이, M은 성장기 때 줄곧 크고 작은 병을 앓고 있었으며 일생에 걸쳐 세 번이나 수술을 받았고 선천적인 알레르기 때문에 공기와 물이 익숙하지 않은 낯선 도시에서는 살지 못한다. M은 대개 먹어야 하는 수도 없이 많은 알약들, 의사들의 주소, 예약 확인 전화에 둘러싸인 채 살았다고 해도 좋을 정도였다. M을 상상할 수 없을 정도로 괴롭히는 것의 근원은 알레르기였다. 그것 때문에 자살하려 마음먹었던 적도 있다고 말했을 정도니 말이다. M의 다른 신경계통의 병을 유발하는 것도 결국은 알레르기라는 것이 의사들의 공통된 의견이었다. 비록 M이 앓고 있는 병들이 생명을 위협하거나 치명적인 것은 아니었지만, 언제부턴가 나는 죽음을 생각할 때마다 M을 연결해서 생각하는 것에 익숙해졌다. 그것은 M 자신도 알고 있는 일이었다. 그러나 그것은 얼마나 어리석은 생각이었는지. M은 이제 더이상 자신보다 더 오래 살아남을 것처럼 보인다는 이유만으로 나를 질투하고 증오할 필요는 없을 것이다. 그러나 M은 내 죽음을 알지 못할 것이다. 죽음 앞에서 내가 느낀 굴욕을 절대로 알지 못할 것이다. 그 사실은 일순 나를 안심하게 만들었다.

죽음, 더이상 살아 있지 않음에 대한 어떤 알려지지 않은 대가. 그 의미가 떠오른 다음, 내 몸은 이상하게 조금 더 편해졌다. 폐가 터져나갈 듯한 고통이 이 세상에서 잊히는 많은 일들처럼 그렇게 서서히 그 본래의 성질을 잃고 같은 이름을 가진 다른 것이 되어, 분명히 내가 가지고 있는 것이지만 동시에 나에게서 멀어지는 것이다. 나는 물위에 누워 있었다. 그러나 완전히 떠 있는 것은 아니고 몸을 반쯤 기울이고 옆을 향해서 누워 있는 것이었다. 그러면서 가라앉고 뜨기를 반복하고 있었다. 머리가 물위로 떠올랐을 때 고개를 돌리면 숨을 쉴 수가 있었다. 그러나 그것은 세 번에 한 번 정도일 뿐이고 그나마도 점차 빈도가 낮아지고 있었다. 머리를 돌리면 숨을 쉴 수 있다는 것을 알면서도 그럴 기운이 없어 그대로 다시 가라앉는 일도 많았다. 그러면서 다리부터 다시 물밑으로 끌려들어가고 있었다. 그러는 동안에도 옆구리의 통증은 사라지지 않았다. 그러나 그 통증은 이제 서서히 죽어가고 있는 나에게 고통이라기보다는 어떤 하나의 단절이나 최종적인 결정을 위한 무슨 증명처럼 느껴졌다. 나는 분명히 통증을 인식할 수 있었으나 그것은 이제 조금도 고통스럽지 않았고, 내가 더이상 숨을 쉬지 못하고 있다는 사실처럼 최후의 나를 규정해주는 유일한 것이자 마지막인 작별의 인사인 양, 그렇게 존재하고 있었다.

3

성탄절 전날 저녁에 나는 요아힘의 집을 방문하도록 되어
있었다. 정확히 말하자면 그의 어머니가 살고 있는 집 말이
다. 그리고 종교적인 의미는 전혀 없지만, 자정이 넘어서는
교회에 갈 예정이었다. 그의 어머니의 집 근처에는 규모가
작지만 아담하고 아름다운 교회가 있다고 했다. 그의 가족
들은 원래 개신교도였지만 요아힘은 오랫동안 교회에 나가
지 않았다고 했다. 성탄절 전날 아침에는 눈이 내리고 있지
는 않았지만 전날 내린 눈이 다 녹지 않아 차도는 질척거리
고 보행도로에는 아직도 눈이 쌓여 있었다. 바람이 불고 추
웠다. 바람은 모퉁이에 쌓인 녹지 않은 눈더미를 다시 공중
으로 휘날려버릴 정도로 강했다. 가족을 만나야 하기 때문인

지 요아힘의 기분은 하루종일 좋지 않았다. 그는 집으로 돌아오지 않고 공항에서 바로 버스를 타고 기차역으로 가서 슐레스비히홀슈타인으로 여행을 떠나기를 원했었다. 그러나 나는 여행을 계속할 만한 돈이 없었다. 게다가 이미 몇 년 전에 성탄절 휴가중에 동부를 한번 여행해보았기 때문에 성탄절이 얼마나 여행하기에 좋지 않은지 잘 알고 있었다. 관광객 대상의 상점 말고는 말 그대로 모든 것이 닫혀 있고, 거리에서 볼 수 있는 것은 쓸쓸한 자신의 그림자 말고는 아무것도 없다. 관광객 대상의 호텔에서 아침식사를 하고 커피를 마신 후 지하철 노선표를 탁자 위에 펼쳐놓고 부서진 대포의 잔해가 널린 산 위의 성이나 과거 귀족의 사냥터였던 숲속의 공원, 그리고 광장에서 열리는 성탄절 시장의 안내문을 읽으면서 다음 방문지를 어디로 정할까 생각에 잠긴다. 그러나 어느 곳도 황량하기만 할 뿐이고 어느 쪽이나 추위에 오들오들 떨면서 거의 유일한 산책객이 되어 돌아다녀야 한다는 것쯤은 알고 있었던 것이다. 그리고 사실은, 천오백 킬로미터 이상을 기차를 타고 여행했으나, 정작 원했던 것은 기껏해야 자신으로부터 달아나는 것 정도였다고 깨닫게 되는 것이다. 그리고 그것은 전혀 성공하지 못했다. 나는 그 동부로의 여행에 대해서 요아힘에게 설명해주려고 애썼다. 아무에게도 알리지 않고, 무거운 짐을 지고 더 무거운 마음을 안고 밤 기차를 타고 멀리 떠났으나 결국은 자신에게서조차 벗어나지도 못했던 그 여행에 대해서. 그러나 요아힘은 조금도 이해하지 못했다. "도대체 그것이 무슨 뜻이지? 자신으로부터 떠난다니, 죽거나 미치기라도 해야 한다는 뜻이야? 그리고 너의 그 여행이 무의미했다 해도, 그게 성탄절과 어떤 상관이 있는 건지 난 이해할 수 없어. 게다가 슐레스비히홀슈타인은 동부가 아니잖아." 이런 식이었다. 그의 생각도 무리가 아닌 것이, 지난번 그와 마지막으로 헤어지기 직전까지도 나는 북쪽으로의 여행을 간절히 꿈꾸고 있었던 것이다. 그러나 이제 아니다. 아침식사 후 우리는 그의 개 베니를 데리고 산책을 갔다. 구름 사이로 해가 비치고 있었다. 그러나 여전히 피부가 당길 정도로 차가운 바람이 불고 있었다. 우리는 그가 언제나 하는 산책 코스를 따라 말없이 걸었다. 가끔 베니가 걸음을 멈추고 킁킁거리며 냄새를 맡거나 그냥 멍하니 주저앉아버리면 우리도 따라서 거리에 멈추어 서서 잎이 앙상하게 떨어져버린 갈색 낙엽송들의 숲을 바라보았다. 숲 안쪽에는 작은 호수가 있었는데 지금은 완전히 얼어붙어버렸다. 사람들이 그곳에서 스케이트를 타고 있었다. 우리는 얼어붙은 호수 위를 걸었다. 얼음 위에 올라서자마자 베니는 얼음의 차가운 감촉이 싫은지 신경질적으로 짖어대더니 기슭으로 달아나버렸다. 그래서 우리는 호수를 가로질러 건너는 것을 포기하고 가장자리를 따라 거닐면서 한가운데서 스케이트 타는 사람들을 바라보기만 했다. 요아힘은 재킷 없이 두 개의 스웨터를 껴입고 모자를 쓰고 검은 머플러를 둘렀다. 그럴 때 그의 모습은 요아힘보다는 그냥 페터라고 불리는 것이 더 어울리는 소년으로 보였다. 내 사랑. 요아힘이 베니를 부르는 낮은 소리를 냈다. 내 사랑, 거기 머물러 있어. 곧 돌아올 테니까. 착하지, 내 사랑.

호수의 얼음은 단단했고 결코 무너질 것같이 보이지 않았기에 우리는 안심하고 서성거릴 수 있었다. 숲속 사이의 길들은 흰 눈으로 덮여 분간되지 않았지만 개와 사람의 발자국이 길을 만들어놓았다. 말라붙은 붉고 작은 열매가 달린 키 작은 야생 들장미나무들이 울타리를 만들고 있고 키 큰 나뭇가지 위에 쌓인 눈들이 바람이 불 때마다 수상한 소리를 내면서 떨어졌다. 커다란 까마귀들이 짧은 햇빛을 받아 은빛으로 반짝이는 얼음 덮인 가지 위에 앉아 있었다. 그러나 햇빛은 다시 자취를 감추고 빠른 속도로 움직이는 구름이 하늘을 덮었다. 저녁쯤에는 다시 눈이 올 것 같았다. 요아힘은 내 앞에서 서너 발자국 정도 앞서서 걸어가고 있었다. 만일 스케이트를 탈 줄 안다면 스케이트 구두를 빌려서 지금 탈 수 있다고 그가 말했다. 나는 열한 살 때 배우기는 했지만 너무 오래되어서 지금도 탈 수 있을지 자신이 없으며 지금 당장은 너무 추워서 뭔가를 할 생각이 전혀 없다고 대답했다. 그리고 우리는 말없이 다시 걸었다. 폐로 들어간 공기가 얼음처럼 차가워 충격을 받고 기침을 토해내면 입김이 하얗게 뿜어져나왔다. 재킷도 없이 춥지 않느냐고 요아힘에게 물으니 대답 없이 어깨를 으쓱거리기만 했다. 노란 벽돌과 나무로 지은 호수 관리인의 집까지 왔을 때 그는 이제 충분히 걸었으니 그만 돌아가자고 말했다. 베니는 충실하게 그 자리에 앉아서 우리를 쳐다보고 있었다. 마치 시선을 놓치면 우리가 그대로 사라져버릴 것을 염려하고 있는 듯이 말이다. 돌아가는 길은 처음보다 더 추웠다. 나는 거의 뛰다시피 하며 걸었다. 그냥 걷기에는 너무 추웠기 때문에 돌아갈 때는 전차를 탔다. 베니는 전차를 싫어하고 있음이 역력했지만 요아힘의 말에 따라 얌전하게 의자 아래에 엎드렸다. 베니가 고개를 쳐들고 불안하고 짧게 짖을 때마다 요아힘은 주머니에서 개 쿠키를 꺼내 베니의 입에 넣어주었다. 그러면 베니는 다시 조용해져서 의자 아래에 얼굴을 묻고 쿠키를 씹었다. 갑자기 생각이 나서 요아힘에게 부모님에게 줄 선물을 샀느냐고 물었더니 "책과 향수" 하고 간단하게 대답했다. 그리고 또 말하기를, 하지만 자신의 형제를 위해서는 아무것도 사지 않았다고 했다.

"그렇다면 그를 위해서는 내가 뭔가를 살 수 있을 텐데. 그럴 수 있게 해줘."

빈손으로 성탄절 저녁식사에 가야 하는 것이 마음에 걸려서 내가 제안했으나 요아힘은 그럴 필요가 없다고 했다.

"게다가 넌 그러지도 못해."

요아힘은 이를 드러내고 웃었다.

"왜냐하면 지금은 상점이 모두 문을 닫았거든. 어디서 선물을 산단 말이야?"

그렇다면 어쩔 수가 없었다. 집으로 돌아와 요아힘은 저녁에 입을 자신의 셔츠를 다리고 나는 점심으로 먹을 중국국수를 요리했다. 사용법에 적혀 있는 대로 국수를 끓는 물에 삶고 체에 건져내어 물기를 뺀 다음 유리병에 든 콩나물과 함께 기름을 두른 움푹한 중국 프라이팬에 볶는다. 그 커다란 중국 프라이팬을 요아힘은 자신의 친구의 이웃인 한 베트남인에게서 싼값에 샀다고 했다. 뜨겁게 익은 그것을 접시에 담고 설탕과 마늘, 타이 고추가 들어간 매운 칠리소스를 위에 끼얹으면 그것으로 끝. 라디오와 텔레비전은 거의 모두 비슷한 선율의 성탄절 음악만을 틀어주고 있었다. 그래서 우리는 뉴스 프로그램에 채널을 고정하고 재스민차를 끓여 점심을 먹었다. 부르릉, 하는 소리를 내면서 전차가 지나갔다. 뉴스에서는 눈 때문에 고속도로 사고가 많았고 남부 지방에는 홍수가 났다고 나오고 있었다. 설거지를 끝낸 후 요아힘은 하품을 하면서 소파에서 기차 잡지를 읽고—그는 그것을 몹시 좋아했다—나는 채널을 이리저리 바꾸어가며 텔레비전을 보았다. 성탄절 음악회, 성탄절 영화, 성탄절 교회미사, 성탄절 음식 만들기, 성탄절 연극, 성탄절 이야기 등이 거의 모든 채널을 점령하고 있었다. 탁자 위에는 먹다 남은 은빛 초콜릿 상자가 있었고 요아힘이 보다가 펼쳐놓은 『수학적 증명을 곁들인 일반물리학 이론』 책이 있었다. 요아힘은 첫 학기에 이미 기본물리학 시험에 합격했지만 지금은 거의 다 잊어버려서 다시 들여다보는 중이라고 했다. 베니는 요아힘의 곁에 누워 있고, 요아힘의 한 손은 잡지를 잡고 다른 한 손은 베니의 목덜미에 있었다. 높은 유리창 밖으로는 뒷마당으로 통하는 작은 길이 보였다. 그 길은 눈에 덮여 있었다. '작은 징원'이라고 불리는 개인 정원이 그 길을 따라 늘어서 있고 그 끝에는 지역 묘지가 있었다. 모든 것이 변함없는 겨울의 풍경이었다. 적어도 성탄절과 연말휴가가 다 끝날 때까지는 변함없을 것이 분명했다. 매일 아침식사 후 책을 읽고 간단한 요리를 하고 단조로운 텔레비전 방송을 보고 밤에는 라디오를 듣고 하루에 세 번, 베니를 데리고 짧은 산책을 한다. 그사이에 세탁을 하고 욕실을 청소하고 뭔가 살 것이 있으면 전차를 타고 시내로 나가는 일정이 있을 것이다. 채널을 MTV로 돌리고 침대에 드러누운 채 보고 있다가 졸음이 밀려오는 것을 느꼈다. 어젯밤에 거의 자지 못하고 여섯 시간 가까이 기차로 여행한 다음에 새벽이 되어서야 요아힘의 집에 도착했던 것이다. 내가 비행기를 타고 도착해서 요아힘과 만난 곳은 베를린이 아니었고, 우리는 무거운 짐을 든 채두 번이나 기차를 갈아타야 했다. 삼 년 만에 도착한 이 도시에서 내가 처음으로 본 것은 역 근처, 눈이 내리는 밤의 버스 정류장이었다. 반시간마다 한 대씩 오는 밤 버스를 기다리면서 트렁크 위에 앉아 있었다. 우산이나 모자를 쓰더라도 결코 피할 수 없을 정도로 큰 눈이었다. 기온이 갑자기 떨어졌기 때문에 길은 온통 얼음으로 덮였다. 기차는 두 시간이나 연착되었고 버스를 탄 다음 다시 전차로 갈아타야 했다. 성탄절 휴가 기간이고 눈이 심하게 내리는데다가 깊은 밤이어서 중심가임에도 불구하고 지나가는 자동차도 거의 눈에 띄지 않았다. 나를 처음으로 맞은 것은 밤 버스 정류장의 상상을 넘어서는 추위였다. 그것은 한없이 고요하고 침묵하면서 얼어붙은 어떤 것이었다. 겨울과 추위의 비활동성은 마음을 끄는 지극한 냉랭함을 가지고 있었다. 눈이나 비, 표정 없는 하늘, 추를 매단 듯 무거운 공기, 고통스러운 추위. 요아힘의 집으로 돌아와 침대 속으로 들어가 누웠을 때도 추위는 완전히 사라지지 않았다. 아침이 올 때까지 바람소리는 계속되었고 창밖으로 엷은 얼음처럼 차갑게 간신히 동이 터올 때까지 비행기의 좁은 좌석, 지속적인 엔진의 굉음, 덜컹거리는 기차의 진동을 떨쳐버리지 못했다. 그래서 당연히 몹시 피곤했으며, 피곤하다고 생각한 순간 잠이 들었다.

잠에서 깨어났을 때는 내가 어디서 잠들었는지 금방 생각이 떠오르지 않고 어리둥절했다. 방은 마치 밤처럼 어두웠고 아무런 소리도 들려오지 않았으며 창에는 커튼이 쳐져 있었다. 요아힘과 베니는 보이지 않았다. 꿈도 없는 잠이었다. 텔레비전의 불빛만이 방안에서 빛나고 있었다. 베를린필하모닉의 연주 실황 녹화방송이었다. 화면에 카라얀의 얼굴이 나타났다. 침대 곁 탁자 위 시계의 숫자판을 보고서야 내가 세 시간 정도 잠들었던 것을 알았다. 이상하게 날이 어두워 커튼을 열어보니 진한 검은 구름 아래 온 도시가 덮여 있고 눈이 조금씩 내리기 시작하고 있었다. 베를린필이 연주하고 있는 것은 로시니의 〈빌헬름 텔 서곡〉이었다. 아마 요아힘이 채널을 바꾸어놓고 나간 것이리라. 그러나 유감스럽게도 〈빌헬름 텔 서곡〉은 거의 마지막 부분이었고 짧은 광고가 있은 다음에 라벨의 〈볼레로〉로 이어졌다. 나는 〈볼레로〉를 좋아하지 않았다. 그래서 〈빌헬름 텔 서곡〉이 진행되는 동안 좀더 빨리 깨어나지 못한 것이 유감스러웠다. 불편한 자세로 잠을 잤는지 오른팔과 몸 전체가 마비된 것처럼 얼얼했다. 나는 그대로 침대에 누운 채로 천장을 쳐다보았다. 오래되고 낡은 천장이었다. 원래 전구가 달려 있었겠지만 지금은 짧은 전선만 남아 있었다. 요아힘은 방 전체를 비추는 전등의 불빛을 좋아하지 않았기 때문에 그가 직접 떼어내버렸을 수도 있다. 대신 간단하게 읽고 쓸 수 있는 탁자 위에 탁상 전등을 가져다놓았고, 침대 곁에도 스탠드가 있었다. 한쪽 벽에 세워진 책장에는 잡지류와 사전, 물리학과 기술 이론서 몇 권만이 꽂혀 있었다. 내가 삼 년 전에 처음 이곳을 방문했을 때와 책의 종류가 달라진 것이 없었다. 오래된 잡지들이 몇 권 사라지고 그 자리를 새로운 잡지가 채우고 있고, 베데커 여행서 몇 권과 수학이나 물리학 책들이 두세 권 더 늘어난 것처럼 보이는 것 말고는 거의 변화가 없었다. 소설이라고는 영문판 '해리 포터 시리즈'와 『아메리칸 사이코』가 전부였다.

내 트렁크는 어제 가져다놓은 그대로 벽장 안에 놓여 있었다. 나는 그것을 열어 내 책들을 꺼내 책장에 꽂았다. 도스토옙스키의 번역판을 가지고 왔지만 내가 이곳에서 그것을 읽을 일은 없을 것이다. 이미 예전에 한 번 읽었던 것들이고, 또한 그것은 되풀이해서 읽기에는 지루할 것이 분명하기 때문이다. 비행기에서도 나는 그것을 읽으려고 시도해보았으나 도저히 불가능했던 것이다. 그 밖의 잡지들은 있어도 없어도 그만인 것들이었기에 휴지통에 던져버렸다. 성탄절이 지나면 시내에 책을 사러 나가야겠다는 생각이 들었다. 요리책이나 동물 사진집, 오래전에 이미 읽었으나 그 내용이나 의미 등 제목 이외의 것은 모조리 잊어버린 고전류, 그리고 20세기 현대사, 전후의 역사, 전범 재판, 혹은 음악가들의 죽음에 관한 에세이 같은 책들 말이다. 나는 언제나 읽는 것을 좋아했지만 최근 몇 년 들어 점점 더 좋아하게 되었다. 혼자 지내는 시간이 압도적으로 많아진 것도 한 이유가 될 것이다. 그리고 부엌으로 가서 커피를 만들었다. 소형 냉장고는 요아힘의 말대로 먹을 것들로 가득차 있었다. 성탄절 쇼핑 전쟁이 시작되기 직전에 그는 먹을 것을 모두 사다놓았다고 말했었다. 커피가 두 봉지, 오븐에 넣고 데우기만 하면 되는 성탄절 케이크와 병에 든 우유, 냉동 시금치와 야채, 꿀과 버터, 빵과

달걀, 사과와 돼지기름을 넣고 조리하는 붉은 양배추와 병에
든 콩나물과 봉투에 든 중국 국수. 부엌 창으로는 묘지로 가
는 길이 바로 내려다보였다. 길의 입구, 부엌 바로 아래에는
노란 불빛이 비치는 전등이 건물의 벽에 매달린 채 켜져 있
었다. 그 불빛을 향해서 유릿조각처럼 반짝이는 눈송이들이
믿을 수 없을 만큼 빠른 속도로 몰려들고 있었다.

　요아힘이 돌아왔다. 그는 베니의 몸에 묻은 눈을 현관에서
털어주고 재킷을 벗어 현관 입구에 걸었다. 그는 자신의 낡
아빠진 재킷을 그다지 좋아하지 않아서 아주 춥다고 생각되
지 않으면 잘 걸치지 않았다. 그리고 부엌의 작은 식탁에 앉
아 내가 만든 커피를 나누어 마셨다. 그다음 우리는 부엌에
서 그의 가족에게 줄 선물을 포장하기 시작했다. 그는 어머
니를 위해서 생선요리 책을 샀고 아버지에게는 남성용 오드
콜로뉴를 준비했다. 나를 위해서는 유감이지만 아무것도 준
비하지 못했다고 했다. 그는 이틀 전만 해도 내가 이곳에 올
줄은 전혀 몰랐을 테니까 당연한 일이다. 날은 이제 마치 깊
은 밤처럼 어두워졌다. 바람이 심하게 부는 소리가 흔들리
는 창을 통해서 들려왔다. 게다가 눈보라가 치듯이 눈송이들
이 소용돌이치고 있었다. 장갑과 머플러를 착용하는 것이 좋
을 거라고 요아힘이 말했다. 게다가 모자도, 하고 내가 덧붙

였다. 방에서 초콜릿 상자를 가지고 온 요아힘은 한 조각을 꺼내 베니에게 주고는 자신도 한 조각을 먹었다. 천천히 우물거리면서 생각에 잠긴 사람처럼 먹고 나서 다시 다음 조각을 집어들었다. 빵에 꿀을 발라줄까? 하고 물었으나 그는 고개를 저었다. 그러고는 찬장에서 할인판매용인 커다란 누텔라 초콜릿 병을 꺼냈다. 나이프와 접시도 꺼낸 그는 내가 건네준 빵에 초콜릿을 두껍게 바르기 시작했다. 베니는 꼬리를 흔들면서 그것을 올려다보고 있었다. 부엌에는 전등이 설거지통 바로 위에 달린 작은 것뿐이었다. 건물 아래쪽 벽의 전등으로부터 노란 불빛이 올라와 창밖에서 휘날리는 눈보라를 비추어주었다. 커피를 한 모금 마신 다음에 요아힘은 커다랗게 입을 벌리고 초콜릿 바른 빵을 베어먹었다. 베니에게는 주지 않았으나 베니는 끈기를 가지고 그 앞에서 기다리고 있었다. "장화 가지고 있어?" 하고 요아힘이 물었다. "그렇지 않다면 발이 온통 젖어버릴 거야. 이렇게 심한 눈이니 말이지." 나는 신발을 하나만 가지고 있었는데, 다행히 그것은 장화였다. 나는 걸치고 있던 요아힘의 파자마를 벗고 청바지를 꺼내 입었다. 그리고 티셔츠 위에 스웨터를 입고 털양말을 신고 머리를 빗기 위해 욕실로 들어갔다. 열린 부엌문을 통해서 여전히 우물거리면서 요아힘이 초콜릿 바른 빵을 마저 먹고 있는 것이 보였다. 눈이 마주치자 그는 서두를 것이 뭐가 있어? 하듯이 눈썹을 위로 치켜올렸다. 그러고는 천장을 쳐다보면서 의자 위에 몸을 길게 뻗은 채 우물거리면서 초콜릿 바른 빵을 계속해서 천천히 씹었다. 나는 현관 앞에 서서 그가 준비를 마칠 때까지 말없이 기다렸다. 요아힘이 옷을 입는 것을 본 베니가 짧게 짖었다. 그는 혼자 남겨지는 것에 대해서 화내고 있었다. 그러나 어쩔 수 없는 일이다. 내 사랑. 요아힘이 베니의 목을 껴안고 수십 번을 입맞추면서 그를 달랬다. 내 사랑, 조용히 해야지. 기다리고 있으면 난 금방 돌아올 테니까. 착하지, 내 사랑.

우리가 집을 나섰을 때 눈보라는 좀 잦아들었으나 바람은 여전히 심했다. 이미 사방은 완전한 어둠이었다. 전차 정류장의 불빛을 향해서 우리는 눈이 쌓인 거리를 묵묵히 걷기 시작했다. 선물 꾸러미가 든 푸른 륙색을 어깨에 맨 요아힘이 앞서서 걸었다. 그의 륙색은 삼 년 전과 같은 것이었고, 그것은 삼 년 전에 이미 충분히 낡아 있었던 것이다. 지금은 아랫부분에 금방 알아볼 수 있는 구멍이 뚫려 있었다. 그가 아직도 그 륙색을 버리지 않고 사용하고 있는 것에 대해서 나는 좀 놀랐다. 나는 그의 발바닥이 납작한 운동화에 위에서부터 눈이 스며들어 발등 부분이 젖어가고 있는 것을 볼 수

있었다. 오래되어서 하늘하늘해진 그의 연푸른색 데님 바지
가 바람이 부는 데 따라 펄럭거리면서 그의 마른 정강이에
휘감기고 있었다. 그는 빠른 걸음으로 걸었다. 정류장에 도
착해서 우리는 눈을 털어내고 시간표를 확인했다.

"이십 분이나 기다려야 해. 재수 더럽게 없군."

요아힘이 투덜거렸다. 정류장에는 기다리는 사람이 우리
뿐이었다. 맞은편 플랫폼에 에스키모 가족처럼 방한복을 껴
입은 어린아이 둘과 한 여자가 꼼짝하지 않고 서 있을 뿐이
었다. 지루함과 추위를 잊기 위해서 나는 정류장에 설치된
광고판을 꼼꼼하게 읽었다. 보기만 해도 이가 시린 맥주 광
고가 있었다. 가족 연극과 그림 전시회와 문화인류학적 기원
에 관한 연대기별 고대 유물 전시회, 그리고 커다란 상업광
고들을 제외하면 모두 연말 불꽃놀이 파티의 광고였다. 시내
의 한 카페에서 작가들의 작품 낭독회가 열린다는 소식도 있
었다. 입장료 무료, 라고 쓰인 곳에 요아힘이 손가락을 가져
다대었다.

"가고 싶어?"

나는 잘 모르겠다고 대답했다. 밀크커피를 한 잔 주문하면
최소한 2유로. 두 시간 동안 밀크커피 한 잔으로 버틸 수는
없다. 맥주나 음료수를 추가로 주문하면 그만큼 비용이 더

든다. 게다가 팸플릿은 유료일 것이다. 그러나 무엇보다도 당분간은 외출하고 싶지 않았다. 너무 추웠기 때문이었다.

"그냥 집에서 책을 읽는 편이 더 나을지도 몰라."

"그렇다면 마음대로 해" 하고 요아힘이 말했다.

"도서관에서 책을 빌리는 것은 무료니까. 날씨가 좋아진 다음에 내 대출카드를 이용해서 빌리면 될 거야. 그리고 연말에는 아마 파티에 가게 될 거야. 와인을 마실 수 있는 기회라고. 너도 같이 갈 수 있어. 그리고 네가 온다고 해서 필하모니에 신년음악회 좌석을 예약해두었어. 다행히 빈자리가 있어서."

"비싸지 않았어?"

"조금. 그런데 마음에 안 들지도 몰라. 합창 음악이거든. 아마도 모차르트와 베토벤의 미사곡."

"상관없어."

"입고 갈 옷은 있어? 그렇지 않다면 여자애들에게 전화해서 빌려달라고 해볼 수 있어."

"그건 걱정 마, 가지고 온 것이 있으니까."

내가 가지고 온 것은 청바지와 스웨터 말고는 보풀이 일어난 가을 재킷과 무릎 부분이 조금 늘어난 모직 바지가 전부였지만 그 정도면 충분하리라고 생각했다. 그리고 전차가 도착할 때까지 우리는 말없이 정류장에 서서 떨고만 있었다. 모자를 쓰고 머플러를 맸으나 목덜미로 스며들어온 눈이 차가운 물방울이 되어 흘러내렸다. 눈 내리는 얼어붙은 성탄절 밤이다. 똑같은 모양의 사각형 건물이 거리의 양편으로 한겨울 전장의 군인들처럼 침묵하면서 줄지어 서 있었다. 그 사이의 거리로 전차가 지나간다. 커튼이 늘어지고 촛불이 켜진 채 발코니에서 성탄절 장식이 반짝이는 집들 사이로. 삼 년 전, 나는 이곳에서 종종 길을 잃곤 했다. 건물의 번지를 확인하지 않으면 도무지 집들을 구분할 수 없었기 때문이다. 게다가 표식이 되는 상점이나 독특한 건물이라고는 주변에 전혀 없으니 말이다. 그러나 길을 잃었다는 사실을 분명히 인식한 후에도, 특별한 절망감에 빠지지 않고 계속해서 가던 길을 걸어갔다. 왼쪽으로 돌면 쓰레기를 버리는 공터가 나온다. 철제 쓰레기통이 화단 곁에 나란히 놓여 있다. 그곳의 손바닥만한 공터는 봄이 되면 노란 야생화가 피기도 하는 곳이다. 계속해서 그 공터를 지나가면 갑자기 조용한 길이 끝나버리고 아주 다른 풍경이 나타난다. 눈앞에는 T자형의 큰 차도가 나타나고 서로 다른 두 방향으로 가는, 노선이 복잡하게 얽힌 전차 노선이 차도를 가로지르고 있다. 모퉁이에는 터키 케밥 상점이 있는데 햇빛이 비치는 여름이면 그 터키 사람의 상점은 눈부시게 하얀 칠로 단장하고 초록빛 잔디가 깔린 손바닥만한 마당에 탁자와 의자를 내다놓고 맥주와 양고기 꼬치를 팔기도 했다. 여름에서 늦가을까지 이 거리를 지나다닐 때마다, 비록 한 번도 들어가본 적은 없지만 그 터키 사람의 상점에서 매번 마치 꿈같은 반짝임을 보곤 했다. 그러나 겨울인 지금 그 상점은 굳게 닫혀 있다. 그리고 길 건너편에는 호수로 향하는 입구가 있다. 요아힘이 베니를 데리고 산책하는 길이다. 거기서 다시 오른쪽으로 꺾어지면 여름 제복을 입은 군인처럼 엷은 초록빛으로 무장한 건물들이 같은 모양의 하얀색 번지 표지판을 달고 길의 양편으로 기묘할 정도로 규칙적이고도 반복되는 풍경을 연출하면서 서 있는 것이다. 그중 어딘가에 건물들의 뒤편으로 향하는 작은 길이 있고 양옆으로 사각형의 작은 정원이 꾸며져 있다. 지금 사과나무와 서양배나무, 작은 인공 연못, 정원용 물뿌리개와 벽돌을 이용한 화단은 모두 눈에 덮여 있다. 작은 정원을 따라가면 그 길은 묘지로 이어진다. 요아힘의 집은 그 귀퉁이 건물의 이층이었다. 내가 처음으로 요아힘의 집을 방문했을 때는 석양 무렵이었고, 모든 것이 녹이 슨 듯 불그스름하게 어두웠다. 전차에서 내린 그는 이 기묘하고 붉게 그늘진, 말 없는 거리를 가리키면서, "여기가 우리의 게토Getto야" 하고 말했다.

우리가 도착했을 때 그들은 이미 창을 열어놓은 거실에서 텔레비전 앞에 모여앉아 성탄절 특집극을 보면서 카푸치노를 마시고 있었다. 요아힘의 어머니인 아네스와 그녀의 남자친구인 비욘, 그리고 요아힘의 쌍둥이 형제인 페터이다. 요아힘은 현관 한쪽에 재킷을 걸고는 운동화를 벗어 벽을 향해 가지런히 놓은 다음 거실로 걸어들어가 푸른 륙색에서 포장된 선물을 꺼내 방 한구석에 있는 성탄절 나무 아래에 가져다놓았다. 그다음 말 한마디 없이 소파의 빈자리에 털썩 앉았다. 그리고 앉자마자 성탄절 텔레비전 프로그램이 나와 있는 신문을 펼치더니 읽기 시작했다. 아네스와 비욘이 나에게 안녕, 하고 인사했다. 나는 삼 년 전에도 이곳을 한 번 잠시 동안 방문한 일이 있었다. 그때 아네스의 남자친구는 비욘이 아니었다. 그리고 페터를, 나는 한 번도 만난 일이 없었다. 요아힘도 그에 관해서는 별로 말하지 않았다. 쌍둥이임에도 불구하고 그와는 닮지 않았다는 것 정도만 알고 있었다. 요아힘이 언젠가 은행에 문제가 있어서 서류를 제출해야 했을 때 그가 잠시 설명한 것뿐이다. 요아힘의 정식 이름은 요아힘 페터 츠벤 T이고 그의 형제의 이름은 페터 요아힘 츠벤 T이므로 은행이나 관공서에서 종종 착각을 일으켜서 골치 아픈 문제가 일어날 수 있다는 것이다. 태어난 날이나 장소도 같으므로 가능한 이야기였다. 그때 나는 그에게 형제가 있다는 사실을 처음 알았다. 쌍둥이 형제 말이다. "그는 어디서 살고 있지?" 하고 물으니 요아힘은 모르겠다고 했다. "그는 무슨 일을 하는데?" 하고 다시 물으니 한 삼 년 전에는 포클레인 운전사라고 들었는데 지금도 그 일을 하는지 알 수 없다는 것이다. 그러면서 덧붙이기를, "그와 난 닮지도 않았어" 하고 말한 것이다.

"카푸치노?"

아네스가 자리에서 일어서면서 나에게 물었다. 나는 고마워, 하면서 고개를 끄덕였다. 여행은 어땠어? 하고 비욘이 소파에서 몸을 돌리고 물었다. 그는 비행기 정비공으로 일한다고 했는데, 살이 찌고 손과 팔목의 근육이 불쾌할 정도로 발달한 사람이었다.

"그저 그랬어. 하지만 계속해서 비가 오는 바람에 밖으로 돌아다니지는 못했어."

"비가 왔다고? 여기는 그동안 줄기차게 눈만 내렸는데 말이지."

그가 입을 벌리고 웃자 사이가 크게 벌어진 치아가 보였다. 페터는 고정시켜놓은 듯이 텔레비전 화면으로만 시선을 두고 있었다. 그는 나에게 형식적으로 안녕, 하고 짧게 인사했을 뿐 요아힘을 바라보지는 않았다. 요아힘도 그를 보지 않았다. 그뿐만 아니라 요아힘은 아무도 쳐다보지 않았다. 단지 탁자 위에 놓인 유리그릇에서 은박지에 싸인 초콜릿을 꺼내 하나씩 먹으면서 신문을 뒤적거릴 뿐이었다. 탁자 위의 유리그릇에는 초콜릿 말고도 황금빛 오렌지와 호두가 가득 들어 있었다. 종이에 싸인 막대 모양의 흰 초콜릿은 내가 좋아하는 것이었다. 아네스는 나와 요아힘에게 큰 잔에 든 카푸치노를 건네주고 다시 부엌으로 돌아가 오븐을 열고 갈색으로 익은 오리를 꺼내 뒤집은 다음 포크로 껍질에 몇 군데 구멍을 내고 오븐 아랫부분의 접시에 떨어진 오리 기름을 다시 고기 위에 끼얹고 나서 오븐 안으로 밀어넣었다. 기름지고 고소한 냄새가 집안 전체에 퍼졌다. 텔레비전에서는 바이올린 연주자가 등장해서 귀에 익은 성탄절 음악들을 즐거운 표정으로 연주하기 시작했다.

"안드레아 뤼, 그는 정말 최고야."

거실로 돌아와 앉은 아네스가 텔레비전을 보면서 한숨을 섞어 중얼거렸다. 그러고는 나에게 물었다.

"너도 안드레아 뤼, 저 사람을 좋아해? 정말 잘생기고 음악도 훌륭하잖아, 안 그래?"

"뭐라고? 누구를 말하는 거야?"

나는 그 이름을 잘 알아듣지 못하고 되물었다.

"안드레아 뤼, 저 바이올린 연주자 말이야. 그는 자신의 오 케스트라도 갖고 있어. 홀란드 사람이지."

"그런 이름은 들어본 적이 없는데."

그 바이올린 연주자는 마치 배우처럼 정성들여 외모를 가 꾸고 있었고 연주하는 동안에도 얼굴에는 즐거워 보이는 미 소가 떠나지 않았다. 그는 심지어 바이올린을 들고 이리저리 무대를 돌아다니면서 연주하고 있었다. 세련된 보랏빛 넥타 이에 곱슬거리는 긴 머리카락, 그리고 무대에서 사용하는 몸 짓 하나하나도 그가 타고난 배우임을 보여주는 것들이었다. 아네스는 거실 한쪽 벽면을 채우고 있는 선반장에서 책 한 권을 꺼내가지고 왔다.

"봐, 안드레아 뤼의 사진집이야."

안드레아 뤼, 그는 1949년 홀란드에서 태어났다. 그것은 안드레아 뤼가 언제 처음으로 바이올린을 배우고 언제 처음 으로 무대에서 연주하고 언제 오케스트라와 협연하고 이런 저런 공연을 갖고 결혼해서 아이가 둘이고 등등의 이력과, 음악적 재능에 대한 평가와 화려한 드레스를 차려입은 여자 들로 이루어진 오케스트라와의 협연 장면, 그 자신이 간단하게 적어놓은 일과 가족과 음악에 대한 생각들을 모아놓은 책이었다. 아네스가 가지고 있는 책들은 그 밖에도 몇 권의 요리책들, 즉 아시아 수프 요리, 간단하게 만드는 아침식사 테이블, 전자레인지 요리 등의 책과 어째서 그런 것이 있는지는 알 수 없으나 그림이 곁들여진 한 권의 헝가리 동화집, 그리고 『프린세스 다이애나, 그 영광과 신화』라는 크고 두꺼운 책이었다. 나는 적당히 안드레아 뢰의 사진집을 넘기다가 그가 잘생긴 것 같다고 말했다. 그러자 아네스의 표정이 무척 밝아지면서 이번에는 선반장에서 한아름이나 되는 CD를 꺼내 안고 들고 왔다. 전부 안드레아 뢰의 음반이다. 듣기 편하고, 소프트하고 달콤하면서도 충분히 서정적이고 귀에 익숙한 그런 음악들만을 용케도 추려서 모아놓은 음반들이었다. 요한 슈트라우스의 왈츠들, 비틀스 음악의 바이올린 연주, 여러 작곡가들의 미뉴에트, 선율적인 영화음악들, 수없이 많은 이지 리스닝의 바이올린 소품들, 팝 음악의 오케스트라 연주, 그리고 성탄절 음반. 나는 CD 재킷을 하나하나 모두 꼼꼼하게 읽었다. 흥미가 있었던 것은 물론 아니다. 나는 듣기 편하고 소프트한 음악을 몹시 싫어했으나 특별히 할 일이 없었고, 아네스를 즐겁게 해주기 위해서였다. 곁에서 비욘은 시계를 보면서 하품을 하고 있었고 페터는 여전히 텔레비전만을 뚫어지게 들여다보고 있었으며 요아힘은 이번에는 지난달의 잡지를 찾아서 읽고 있었다. 아네스가 부엌으로 가서 오븐에서 다 익은 오리를 꺼냈다. 비욘은 담배를 피우기 위해 열어놓은 창문을 닫고 화장실로 갔다. 페터는 자리에서 일어나더니 부엌으로 가서 아네스가 접시를 꺼내고 식탁 차리는 것을 도왔다. 나는 요아힘에게 "왜 너는 아네스를 돕지 않는 거지?" 하고 물었다. 그러자 요아힘은 어깨를 움질거리고 입술을 한쪽만 올리는 보기 흉한 제스처를 쓰면서 "내가 왜? 난 한 번도 그런 일을 해본 적이 없는걸" 했다. 쌍둥이라고는 하지만 페터와 요아힘은 정말 닮지 않았다. 얼굴 생김뿐 아니라 눈이나 머리색, 키나 체격이나 골격의 모양도 다른 것 같았다. 페터는 키가 매우 컸다. 머리카락은 요아힘보다 좀더 밝은 금발에 가까운 색이었다. 그리고 얼굴에 생채기처럼 아무렇게나 솟은 붉은 뾰루지만 없다면 잘생겼다고도 할 수 있는 모습이었다. 목소리도 훨씬 굵고 낮아서 겉으로 보기에는 요아힘보다 몇 살이나 연상으로 보였다. 그러나 페터가 부엌으로 향하면서 요아힘을 나란히 스쳐지나갈 때 그들의 귀 모양이 찍어낸 것처럼 같은 것을 나는 보았다. 정확히 말하자면 요아힘의 왼쪽 귀와 페터의 오른쪽 귀 말이다. 그러나 곧 페터는 몸을 돌리고 부엌으로 사라졌다. 선반장의 눈 정도 높이에는 흑백사진 하나가 섬세하게 세공된 손바닥만한 나무 액자에 들어 있었다. 오래된 듯이 보이는 그 사진은 열다섯 살이나 혹은 그 언저리에 있는 듯한 한 소녀의 상반신 사진이었다. 검은색으로 보이는 원피스를 입고 있고 금발머리에는 레이스를 둘러서 특별한 날에 찍은 듯한 느낌이 들었다. 가슴에는 한 다발의 연한 빛 장미꽃을 안고 있었다. 그리고 입술을 조금 벌리고 웃고 있었는데, 얼굴의 윤곽과 입술의 모양이 섬세하고 예민하게 보였다. 소녀는 건물의 문처럼 보이는 것 앞에 서 있었다. 나이에 비해서 여윈 얼굴이었다. 그 인상은 교활함과 신선함과 창백함이 묘하게 합쳐진 듯한, 그러면서도 마치 물속에서 긴 시간이 흘러가는 것을 그대로 지켜보고 있었던 듯한 그런 느낌의 사진이었다. 그것은 물어볼 필요도 없이 아네스의 오래전 모습일 터였다. 그러나 나는 요아힘에게 물었다.

"이 사진은 아네스?"

"몰라. 내가 어떻게 알아?"

그는 사진은 쳐다보지도 않은 채 퉁명스럽게 대꾸했다. 식당에서 페터가 의자를 정리하는 소리가 났다. 비욘이 식당에서 우리를 불렀다. "식사가 준비되었어." 식탁 한가운데에는 커다란 접시에 먹음직스럽게 갈색으로 익은 오리가 있었다. 그 외에 각각 삶은 감자, 그리고 돼지기름과 설탕과 사과를 넣고 조린 붉은 양배추가 담긴 두 개의 사기 볼이 있었다. 그리고 뚜껑이 달린 유리그릇에는 군침이 흐르는 갈색 소스가 기름방울을 띄운 채 담겨 있었다. 전형적인 성탄절 식사였다. 한 사람씩 오리고기를 접시에 덜기 시작했다. 요아힘은 커다란 덩어리를 두 개나 접시에 담았다. 그리고 약간의 감자와 아주 조금의 붉은 양배추를 담고 그 위에 소스를 흐를 정도로 듬뿍 뿌렸다. 그리고 그는 자신의 것을 다 담자마자 다른 사람을 기다리지 않은 채 먹기 시작했다. 비욘이 포도주 잔과 병을 들고 왔다. 그는 그것을 모두에게 따라주었다. 나는 오리고기를 좋아하지 않았기 때문에 가슴살 약간과 감자를 접시에 담고 붉은 양배추를 듬뿍 덜었다. 스타일리스트라고 할 만한 사람은 페터였다. 그는 오리 다리를 접시 가장자리에 놓고 그 대칭으로 감자를 놓았다. 그리고 그 사이에 음식이 서로 섞이지 않도록 붉은 양배추를 보기 좋게 놓은 다음에 포크와 나이프를 들고 슬쩍 홀로 미소를 지었다. 고기를 잘게 잘라서 입에 넣은 다음 다른 것은 더 먹지 않고 포도주를 한 모금 마셨다. 비욘은 고기보다도 포도주에 더 관심이 많은 것처럼 보였다. 아네스는 다이어트를 한다고 고기와 감자를 아주 조금만 가져다놓았으나 그녀는 마치 씹지도 않고 그대로 삼키기라도 하는 듯이 너무 빨리 먹고 있었다. 많이 먹는 것은 요아힘이었다. 그는 어느새 고기를 다 먹고 다시 커다란 조각을 하나 더 접시에 더는 중이었다. 그는 감자를 접시 위에서 소스에 충분히 적신 다음 포크로 그것을 으깨서 먹었다. 그는 언제나 자신이 영양 있는 음식에 굶주리고 있다고 말했으며 그것을 숨기려고도 하지 않는 편이었다. 사람들은 아무도 말을 하지 않았다. 단지 고기를 씹고 삼키는 소리, 접시 위에서 나이프와 포크가 달각달각 부딪히는 소리, 소스가 든 유리그릇에서 작은 국자로 소스를 덜어 담는 소리, 포도주를 홀짝이는 소리만이 들려왔다. 식당은 다섯 사람이 들어가기에는 작은 방으로, 식탁 이외에는 아무런 가구나 장식이 없었다. 창가에는 플라스틱 모형 분홍 장미가 유리병에 꽂혀 있었고 그 곁에는 식탁이 좁기 때문에 옮겨놓은, 불이 밝혀진 양초가 타고 있었다. 모형 장미의 꽃잎에는 모형 이슬이 반짝이고 있었다. 사람들은 여전히 한마디 말이 없었다. 그들은 마치 단지 고기를 먹기 위해 모인 것처럼 보였다. 그러나 역시 아네스가 요리한 오리고기는 내가 맛본 어떤 다른 오리고기보다 맛이 좋았다. 고기는 촉촉하고 부드러우면서 연하고 따뜻하고도 좋은 냄새가 났다. 뛰어난 요리의 맛은 언제나 고기를 먹고 있다는 죄책감을 잊게 만들어주는데, 아네스의 오리가 바로 그랬다. 껍질은 바삭바삭한 것이 기름에 튀긴 과자 같았으며, 슈퍼마켓에서 유리병에 담긴 붉은 양배추를 사서 냄비에 넣고 돼지기름과 사과와 함께 익힌 것뿐인데도 아네스의 양배추는 특별히 맛이 좋았다. 나는 배가 불렀지만 양배추와 감자를 더 가져다 먹었다. 그리고 그 갈색 오리기름 소스는 정말 훌륭했다. 접시에 남은 소스를 싹싹 훔쳐먹을 수 있는 빵이 없는 것이 아쉬울 정도였다. 요아힘은 자신의 접시를 비우자마자 부엌으로 가서 냉장고에서 차가운 홍차를 꺼내다가 알코올을 먹지 않는 나에게 가져다주고 자신도 큰 잔으로 하나 가득 따라서 식탁 곁에 선채 벌컥벌컥 들이켰다. 다른 사람들은 모두 아무 말도 없이 그런 그를 빤히 쳐다보기만 했다. 늦게 먹는 것은 페터였다. 그는 다른 사람들이 식사를 마친 다음에도 결코 서두르는 법이 없이 천천히 음식을 입으로 가져갔다. 사람들은 단지 말이 없는 것이 아니라 식사중에 서로를 잘 쳐다보지도 않았다. 식사가 끝나자 아네스가 접시를 치우기 시작했고 페터가 역시 그것을 도왔다. 이번에도 내가 요아힘에게 "너는 왜 안하지?" 그렇게 물으니 요아힘은 역시 "내가 왜?" 하고 짧게 대답했다. 우리는 거실로 자리를 옮겼다. 그리고 계속해서 텔레비전을 보기 시작했다. 안드레아 뤼가 나오는 특집방송은 아직도 끝나지 않았다. 포도주 병을 다 비운 비욘이 이번에 들고 온 것은 독한 화주였다. 그는 조그만 잔에 그것을 따르더니 나에게 냄새를 맡아보라고 건네주었다. 그리고 내가 과장되게 놀라는 시늉을 하자 껄껄 웃었다. 그리고 그는 그것을 마시기 시작했다. 페터는 다리를 맞은편 소파 위에 올리고 담배에 불을 붙였다. 창을 열어놓은 거실에선 담배 연기 냄새가 나고 몹시 추웠다.

"아네스, 이 사진은 네 것?"

설거지를 마친 아네스가 돌아왔을 때 나는 선반장의 사진을 가리키면서 물었다.

"그래, 맞아. 옛날 사진이지."

"아네스, 정말 예뻐."

"너, 거짓말하면 안 돼."

나를 쳐다보지 않은 채 요아힘이 말했다.

"거짓말이 아니야. 정말 예쁜걸. 몇 살 때지?"

"열세 살 때. 1963년이야. 교회에서 첫 성체식을 한 날이지. 신교회에서는 그날이 중요하거든."

"그렇다면 특별한 옷을 입었겠네? 그래서 검은 원피스?"

"그래 검은 원피스. 그리고 장미를 선물로 받지."

"흰 장미? 아니면?"

"흰 장미는 아니야, 잘 기억이 나지 않아. 아마도 노란 장미가 아니었을까. 잠깐 기다려봐."

아네스는 침실로 가더니 커다란 종이상자를 들고 왔다. 요아힘은 잡지를 넘기며 지켜워하는 표정을 지었고 페터는 담배를 재떨이의 가장자리에 비벼서 껐다. 그는 여전히 텔레비전만 쳐다보고 있었다. 상자에서 아네스가 꺼낸 것은 오래돼 보이는 레이스였다. 아네스는 사진 속의 레이스를 가리키면서 "같은 거야" 하고 말했다. 그리고 아네스는 상자에서 앨범을 꺼냈다. 검고 두꺼운 종이 앨범 속의 풀로 붙여놓은 사진들 위에는 희고 얇은 종이가 덮여 있었다. 사진들은 모두 결혼식 장면이었다. 첫 장에는 젊은 아네스가 연한 빛 투피스를 입고 나비 날개 모양의 안경을 쓴 모습으로 결혼식장에서 나오는 모습이었다. 곁에 선 남자는 아네스보다 조금 키가 작았고 창백하고 흰 피부에 마치 수병 모자 같은 머리 모양을 하고 있었다. 그들이 관청에서 막 결혼식을 마친 다음이라고 아네스는 설명했다.

"내 첫번째 결혼식 말이야" 하고 그녀는 덧붙였다. 그러면서 팔을 뻗어 비욘이 건네주는 화주를 한 잔 받아 마셨다. 사진 속의 아네스는 이번에는 볼에 통통하게 살이 오른 모습이었다. 볼뿐만 아니라 어깨나 몸 전체에 보기 좋게 살이 붙어 있었다. 아네스와 그 자매들이라고 하는 여자들의 부풀어오르게 한 머리와 독특한 안경, 그리고 모두들 같은 모양으로 만들어서 입고 있는 투피스는 나에게도 익숙한 모습이었다. 내 어머니의 처녀시절의 사진을 모아놓은 앨범에서도 나는 비슷한 차림들을 보았던 것이다. 대통령의 부인이던 때 재클린 케네디의 옷차림과 같은 유로 보였다. 어느 시절에, 전 세계적으로 비슷한 옷차림의 처녀들이 모두 결혼식장으로 향하던 그런 순간이 있었던 것 같다. 결혼식 피로연에는 아네스의 자매들과 그들의 남편 그리고 양복을 입은 아네스의 오빠들이 모두 참석해 있었다. 그들은 모두 젊고 더할 수 없이 아름다우면서 용감해 보였다. 그들은 마치 전후의 폐허 위에서 새로 피어난 꽃처럼 보였다. 그리고 그 시절의 도시는 아무런 장식도 없이 단순한 숲과 호수와 집들로 이루어진 듯했다. 화장도 장신구도 그리고 교태도 없는 싱싱한 처녀처럼 말이다. 도시 한가운데의 광장들은 하염없이 넓고 길은 저멀리 폴란드까지 그대로 직선으로 이어지는 것처럼 보였다. 끝없이 보이는 숲 근처의 평평한 길 위에 여러 사람들이 손에 손을 잡고 밝게 웃으면서 서 있었다. 그 웃음과 노래가 들려오는 듯했다.

"그때 난 열일곱 살이었어. 이 남자는 나중에 병으로 죽었

단다."

"아네스, 형제들도 모두 아직 이곳에 살고 있어?"

"그건 몰라. 안 만난 지 몇십 년이나 되었어."

아네스가 몇 번 결혼했는지 나는 모른다. 그러나 어쨌든 그녀가 열일곱 살 때 첫번째로 결혼한 이 키 작고 수병 스타일 머리의 남자가 요아힘과 페터의 아버지가 아니라는 것은 확실했다. 그들은 정말 전혀 닮지 않았던 것이다. 요아힘과 페터가 닮지 않았다는, 그런 종류의 것이 아니라 아주 완전히 달랐던 것이다. 나중에 나는 요아힘에게 아네스가 몇 번 결혼했었는지 단지 호기심에 물어본 적이 있었다. 그때 요아힘은 소파 너머로 기차 잡지를 집어던지면서 "서른세 번" 하고 대답했다. 첫번째 결혼식 사진의 아네스는 싱싱하고 꽃봉오리처럼 부풀어 있었다. 열세 살, 첫 성체식 때의, 미소를 망설이는 듯한 소녀의 모습은 이제 더이상 보이지 않았다. 진하고 두꺼운 테의 안경을 쓰고 결혼식 정장을 입고 결혼식장에서 나오는 아네스의 모습에는 미래의 시간에 대한 어떤 종류의 예언도 느껴지지 않았다. 그 사진에는 모퉁이 술집에서 매일 흠뻑 마셔야만 잠들 수 있는 알코올중독, 집세가 싼 지역을 찾아 전전하는 전망 없는 실업 상태, 같이 살 만한 남자를 찾기 위해 주말마다 독신자 클럽의 파트너 찾기 파티를 기웃거리는 고독은 결코 보이지 않았던 것이다.

열한시가 넘어서 선물을 풀기 시작했다. 원래는 자정에 풀기로 했으나 요아힘이 자신과 나는 자정 예배를 구경하기 위해서 교회에 가야 한다고 주장했기 때문이었다. 아네스는 요아힘과 페터에게 풀오버나 셔츠를 살 수 있는 시내 옷 상점의 상품권, 그리고 비욘에게는 목욕용 가운을 선물했다. 페터는 아무에게도 선물하지 않았다. 요아힘은 페터에게 아버지에게 줄 선물을 주면서 자신은 내일 점심식사에 가지 않을 테니 대신 전해달라고 부탁했다. 페터는 비스듬히 그것을 내려다보면서 말없이 고개를 끄덕이기만 했다. 아네스는 내 앞에 놓인 유리그릇 속의 흰 초콜릿과 오렌지와 호두를 모두 가져가도 좋다고 했다. 우리는 그것을 비닐백 속에 담아 요아힘의 륙색에 넣었다. 모두들 선물 고맙다고 서로에게 인사했다. 밤이 깊었다. 요아힘과 나는 교회에 가기 위해서 일어섰다. 우리가 떠난 다음에는 페터도 함께 살고 있다는 조인트 판매상인 남자친구의 집으로 금방 떠날 것이다. 그러면 아네스와 비욘은 화주를 마시고 취할 것이다. 어쩌면 다시 싸울지도 모른다. 몇 년 동안이나 함께 살던 오래된 남자친구와 헤어진 후 아네스는 몇 달 단위로 동거하는 남자친구를 바꿔가고 있는 중이라고 했다. 한밤중의 추위는 대단했다.

그러나 이상하게 그다지 고통스럽다고 생각되지는 않았다. 아마 기름진 오리고기를 배가 부르도록 먹은 다음이어서 그럴 것이다. 우리는 교회까지 걸어갔다. 주변에 불빛이 전혀 없었기 때문에 교회가 특별히 아름다운지 어떤지 알아볼 수는 없었다. 교회에 들어가기 전 요아힘은 나에게 돈을 가지고 있느냐고 물었다. 교회의 헌금통에 넣을 돈 말이다. 내가 동전 정도라면 가지고 있다고 하자, "그건 안 돼, 최소한 5유로짜리 지폐라야지, 성탄절인데 말이야" 하면서 지갑을 뒤져 마지막 5유로짜리 지폐를 꺼냈다. 교회의 게시판에는 성탄절 예배중에 오르간 연주가 있다고 쓰여 있었다. 교회는 사람들로 가득차 있었다. 대개 노인들이었으나 아이들을 동반한 가족들도 많았다. 작은 바구니에 담긴 태어난 지 얼마 되지 않은 갓난아기를 데리고 온 젊은 부부도 보였다. 이미 오르간 독주가 울리고 있었고, 입구에는 베들레헴의 말구유를 재현해놓은 모형이 있었다. 모형 앞에는 수백 개의 양초에 불이 밝혀져 있어서 밝고 따뜻했다. 오르간 연주 사이사이에 사람들이 노래를 부르는 순서가 있었다. 그러나 나는 따라 부를 수가 없었다. 익숙한 멜로디이기는 하지만 가사를 알지 못하기 때문이었다. 요아힘은 교회에 들어와 뒷자리에 앉자마자 눈을 감고 고개를 가슴 쪽으로 푹 숙이고 있었는데, 내가 불러도 대답하지 않았다. 아마 잠을 자고 있는 듯했다. 그의 푸른 륙색은 그의 다리 사이에서 떨어져 의자 아래에 처박혀 있었다. 등뒤에서 누군가 나에게 악보가 담긴 노래책을 건네주었다. 나는 돌아보고 감사하다고 인사했다. 설교자인 것처럼 보이는 사람이 오르간 연주가 끝나고 나서 마이크에 대고 무엇인가 말했는데, 마이크의 윙윙거리는 울림 때문에 나는 그것을 알아들을 수 없었다. 사람들이 다시 노래를 시작했다. 그때 요아힘이 번쩍 눈을 떴다. 그는 자고 있던 것이 아니었다. 울고 있던 것도 아니었다. 무슨 일이 일어나는지 모두 듣고 있었던 것이다.

"이제 충분히 구경했으니 나가자."

그가 륙색을 집어들고 등에 메었다.

"하지만 지금 모두 노래를 부르고 있는데 나간단 말이야?"

"지금 나가야 해."

그는 사람들이 쳐다보는 것은 상관하지 않고 일어나 빠른 걸음으로 출구로 향했다. 밖으로 나온 그는 의기양양하게 다시 지갑 속으로 5유로짜리 지폐를 집어넣었다.

"이것으로 헌금통에 돈을 넣지 않고도 넌 교회의 성탄절 예배를 구경한 거잖아. 안 그래? 그 노래가 끝날 때까지 기다렸다면, 우리는 돈을 넣어야만 했을걸. 그가 그렇게 말했으니 말이야."

정류장에서 전차를 기다리면서 우리는 그의 륙색에서 흰 초콜릿을 꺼내 먹었다. 낮에 조금 녹기 시작했던 거리의 눈은 다시 쌓여 있었다. "우리는 기후를 모두 망쳐놓았어. 그렇지 않아? 매일 내리는 이 이상한 눈과 남부 지방의 홍수를 생각해봐. 이건, 내가 핀란드에서 일하고 있던 그해 겨울보다 더 춥다고 말할 수 있어." 그러면서 요아힘은 푸른 륙색을 등에 걸치고 머플러를 단단히 둘렀다. 그는 대학에 입학하기 전 용접공으로 핀란드에서 잠시 동안 일한 적이 있었다고 했다. "그래도 난 말이야, 집까지 달려갈 수 있어. 설사 눈 때문에 전차가 오지 않더라도 아무 상관 없단 말이야. 실제로 지난가을에 지하철 파업이 있었을 때는 알렉산더광장에서 집까지 세 시간이 넘는 거리를 걸어갔었어. 아침 여덟시부터 저녁 여섯시까지 종일 일하고 난 다음에 말이지. 그건 정말 지독한 경험이었지. 그날이 목요일이었는데, 금요일은 학교에 가야 하는 날이잖아. 더군다나 시험이 있는 금요일이었지 뭐야. 엿같았지, 하하하. 뭐 그때에 비하면 지금은 눈이 좀 온다뿐이지 더 나쁘지는 않아. 집까지 빠른 걸음으로 가면 한 시간 안에 도착할 수 있다니까. 너도 배부르게 먹었겠지? 그런데 고기를 왜 그것밖에 먹지 않은 거야? 이런 추위에 눈보라를 헤치면서 걸어가려면 그것 가지고는 부족할걸. 감자와 양배추 따위는 배 터지게 먹어봐야 아무것도 남기지 않으니 말이야. 아네스는 매달 내 돈을 150유로씩이나 가져가고 있다구. 150유로라구, 생각해봐, 그 정도라면 내가 한 달 내내 학교식당 멘자에서 매일 따뜻한 수프와 커피를 점심으로 먹을 수 있어. 그런데 그녀는 나에게 그 150유로를 돌려주는 것을 거절했어. 나를 돌봐주는 것으로 정부에서 받는 돈이잖아. 그런데 그 돈을 돌려주지 않는 거야. 주말마다 밥을 먹으러 와도 좋다고 하면서 말이야. 그러니 아네스네 집에서는 고기를 배부르도록 먹어도 돼. 당연히 너도 권리가 있는 거야. 성탄절이기도 하고 맛있는 고기를 배부르게 먹어서 아주 기분이 좋은데. 하지만 정말 우습다고 생각하지 않아? 일 년 내내 돈 때문에 싸우기만 하던 사람들이, 단지 성탄절이라는 이유로 모조리 함께 모여서 엄숙한 하모니를 연출하면서 저녁을 먹는 게 말이야. 어때? 고기를 먹었으니 걸어가보는 것도 좋잖아? 만일 너라면 이런 날씨에 집까지 걸어갈 수 있겠어? 길은 간단해. 계속 한 방향으로 이 전차 노선을 따라가면 되지. 아주 쉽다구. 아아, 그리고 나는 말이야, 내 가족이 부끄러워. 아주 많이." 요아힘이 낄낄대면서 빠르게 지껄이는 것이 채 끝나기도 전에 전차가 노란 불빛을 밝히면서 눈보라를 뚫고 다가오는 것이 보였다. 그의 형제 페터가 남창일지도 모른다는, 적어도 한때는 그런 일을 했을지도 모른다는 생각이 요아힘을 괴롭힌다는 것을 나는 알고 있었다. 비록 그는 한 번도 입 밖에 내어 말한 적이 없고 애써 태연한 척하고 있지만 말이다. 그 생각은 잘못되었거나 심하게 과장됐을 거라고 나는 생각한다. 요아힘은 페터의 집을 단 한 번 방문한 적이 있는데, 거기서 함께 살고 있던 페터의 남자친구에게서 이상한 말을 들은 것 같았다. 그러나 나는 그 남자친구가 질투심이나 이상하게 삐뚤어진 성격 때문에 요아힘에게 거짓말을 했다고 믿는 편이다. 요아힘은 소심했다. 그의 수치심을 자극하는 일에 대해서는 더욱 그러했다. 그는 그것에 대해서 나와 대화하는 것을 절대 거부했기 때문에 그를 논리적으로 설득해서 위안을 주려고 했던 내 의도는 성공하지 못했다. 우리는 운이 좋았다. 그날 밤은 기온이 너무 내려가서 노숙자를 위해 지하철 입구를 폐쇄하지 않은 날이기도 했다. 요아힘의 말대로 걸어갔다면 아주 끔찍했을 것이다. 정말 걸어갈 생각이었느냐고 나중에 물어보니, 그는 단지 입술이 얼어붙는 것을 방지하기 위해 아무 말이나 생각 없이 지껄인 것에 불과하다고 했다.

4

   섣달그믐날의 파티는 북쪽 역 근처에 있는, 요아힘의 직업
학교 친구이자 소방관이면서 낙천적이고 경박해 보일 정도
로 언제나 명랑한 알프레드의 집에서 있었다. 그는 염소 모
양의 턱수염을 길렀고 화려한 금박 모양이 들어간 붉은 가죽
재킷을 즐겨 입었다. 그는 친구들을 모아 파티 여는 것을 즐
겼고 요아힘이 한 번도 와인이나 케이크를 들고 가지 않았음
에도 불구하고 너그럽게도 언제나 요아힘을 초청해주곤 했
다. 게다가 나는 그의 초대를 받고 참석하겠다는 약속을 지
킨 적이 한 번도 없었으나 그는 상관하지 않고 계속해서 나
를 초대해주곤 했다. 그는 나를 현재 대학생이며, 아시아의
어느 나라에서 왔고, 요아힘의 과거 여자친구 정도로 잘못

알고 있었다. 나도 요아힘도 아무도 그에게 그런 식으로 설명한 적은 없으나 알프레드는 나를 만날 때마다 스스로 만든 편리한 추측으로 적당히 그렇게 생각하고 그렇게 안부를 묻곤 했다. 사실 우리에게는 그 내용이야 뭐 아무래도 상관없는 일이었으므로 굳이 잘못을 깨우쳐주지도 않았다. 눈은 내리지 않았지만, 섣달그믐날에 밖으로 나가는 것은 매우 불쾌한 일이었다. 언제 어디서 발밑으로 화약이 날아올지 모르기 때문이다. 아주 드물게도 요아힘이 성화를 부리지 않았다면 나는 가지 않았을 것이다. 나는 파티가 아주 싫었다. 그러나 요아힘은 언제나 외국인 파티밖에 가보지 못한 나에게 소위 '대학생들의 파티'를 보여주고 싶어했다. 미친 듯한 테크노나 미국식 엉덩이 춤이나 추는 힙합이 아니라, 매우 클래식한 오아시스나 너바나의 음악이 흐르고 북유럽 출신의 대학생들을 함께 초대해서 영어로 대화를 나누는 그런 파티 말이다. 알프레드는 북유럽 출신의 대학생 사촌을 가지고 있었고 대개는 파티에서 그런 부류들과 어울렸다. 요아힘은 자신이 그런 식의 파티도 분명히 알고 있다는 것을 나에게 증명해 보이려고 하는 것이다. 그러나 유감스럽게도 알프레드는 이번에는 북유럽 친구들을 아무도 부르지 않았으며, 그들은 성탄절을 맞아 모두 고향으로 갔다고 했다. 컴퓨터로 분명히 너바나의 음악을 틀어놓기는 했으나 뮤직비디오는 자꾸 끊어지면서 화면이 정지했고 몇 시간 동안이나 같은 음악만을 틀어대고 있었다. 요아힘이 직접 알고 있는 친구는 알프레드 이외에 독문학을 전공하는 대학생 한 명뿐이었는데, 아주 잘생겼으나 교활한 듯한 미소를 가진 그 대학생은 이 주일 전에 새로 사귄 여자친구에게 푹 빠져 있는 상황이어서 요아힘에게는 건성으로 한 번 인사를 건넸을 뿐, 여자친구 곁을 떠나지 않았다. 여자친구가 아니더라도, 그 독문학 전공의 대학생은 요아힘의 기대와는 달리 그에게 큰 관심이 없어 보였다. 은근히 그 대학생과 다시 관계가 친밀해지기를 기대했던 요아힘으로서는 실망스러운 일이었을 것이다. 알프레드는 화려한 야자수 무늬가 그려진 피지 티셔츠를 입고 파티에 온 친구들을 요아힘에게 소개해주었는데 대부분이 여자친구와 함께 온 대학생들이었다. 그들의 평균 연령은 스물두세 살을 넘어 보이지 않았다. 그러므로 그들이 자기들끼리 자유롭고도 놀랄 만큼 빠르게 떠들어대는 말을 나는 거의 대부분 알아들을 수 없었다. 가끔 손바닥을 탁 치면서 멋져, 하는 말이나 아, 끝내주는데, 이런 미치겠네, 하는 강한 억양의 말 정도만이 귀에 들어왔다. 요아힘은 일단 부엌으로 가서 탁자에 차려놓은 음식 중에서 전자레인지용 고기 요리와 살구잼을 얹은 케이크를 접시에 담아가지고 왔다. 차려진 음식은 간단하게 만들 수 있는 즉석식품들이 대부분이었다. 플라스틱 바구니에 담아 파는 파티용 감자 샐러드나 오븐에서 바로 구워 만들 수 있게 이미 다 믹스해놓은 케이크 가루로 만든 건포도 케이크나 통조림 수프, 닭고기 튀김 정도가 전부였다. 술은 맥주와 샴페인과 와인이 있었다. 사람들은 모두 맥주를 마시고 있었다. 요아힘은 맥주병을 손에 쥔 채 여자애들이 아무도 상대해주지 않는 말수 없고 덩치가 큰 남자애 두 명과 함께 부엌에 앉아 있었다. 그들은 말없이 맥주를 마시고 종이 접시에 담아온 음식을 먹었고 그중의 한 명이 담배를 피웠다. 값이 비싸기 때문인지 대학생들 중에는 담배를 피우는 아이들이 거의 없었다. 그러는 사이에도 가끔씩 벨이 울리면서 늦게 도착한 아이들이 한 명씩 들어왔다. 그들은 알프레드, 혹은 그의 친구이자 경찰관인 디억의 친구들이었다. 요아힘은 그들과 학교를 일 년밖에 같이 다니지 않아서 아는 얼굴이 많지 않다고 했다. 늦게 도착한 한 여자애는 혼자 왔음에도 불구하고 마치 파티의 여주인인 양 모든 사람에게 자신의 소개를 하고 돌아다녔다. 대부분의 여자애들은 엉덩이가 터질 듯한 청바지와 시내의 할인매장에서 산 것이 분명한, 허리가 드러나면서 구슬이나 금박 장식이 달린 짧은 티셔츠를 입었다. 그러면서도 눈을 반짝거리며 낯선 사람과도 금방 어울리고 대화에 참여했으며, 설사 그런 일은 없겠지만, 대화 상대가 사라져버리더라도 결코 기죽지 않고 씩씩하게 다른 그룹의 대화에 참여했다. 나의 더듬거리는 몇 마디 독일어를 들은 다음 그들은 내 언어가 형편없는 수준이라는 것을 곧 알아차려버렸다. 그래서 그들은 금방 다시 자신들의 흥겨운 화제로 돌아갔다. 대학생들은, 마치 자신들의 목소리가 조금이라도 가라앉거나 조금이라도 말의 속도가 느려지면 생매장이라도 당하게 될 것처럼 끊임없이 떠들고 또 떠들었다. 텔레비전 얘기나 학교에서 일어난 일, 연애, 앞으로 일어날지도 모르는 전쟁, 미국에 공부하러 가는 것, 일자리 등등에 대해서. 비록 그들과 어울리기를 진심으로 원한 것은 아니지만, 화제에 끼어들지 못하고 지루해지자 나는 요아힘에게 화가 났다. 대학생들의 파티건 뭐건 나는 집으로 돌아가고 싶었다. 그러나 어느새 내 등뒤에 선 요아힘이 말했다.

"그런 이상하게 뚱한 표정을 짓고 있으면, 여기 아이들은 금방 네가 콧대 높게 잘난 척한다고 생각할걸. 그런 평가는 치명적이야. 여기는 아시아가 아니라니깐. 말없이 있는 사람에게는 아무도 관심을 보이지 않아. 막 웃으면서 열심히 끼어서 듣다보면 언젠가는 저들의 말을 이해하게 될 테니까 말이야."

그러고 그는 히죽히죽 웃었다. 삼 년 전에 나는 그들의 말을 이해하려고 열심이었고, 그 상황을 요아힘은 기억하고 있는 것이었다. 그것은 전적으로 M 때문이었다. 그러나 이제 더이상은 아니다. 나는 그것을 배우고 싶다는 생각을 버린 지 이미 오래되었다. 단지 나는 파티에 모인 젊은이들이 말할 수 없이 혐오스러울 뿐이었다. 즉, 적극적인 사교성, 그 자체가 하나의 미덕이 되는 소란스러운 소사이어티 말이다. 단지 소모적이라는 것을 잘 알면서 미소를 짓고 인사를 하고 악수를 하고 형식적인 대화를 나누는 일 말이다. 그 감정을 요아힘에게 올바르게 전달하지 못하는 자신에게 화가 날 정도였다. 그러나 기껏 내가 한 말은 "난 파티가 싫어" 하는 것이 전부였다.

"그렇다면 할 수 없지. 담배 피우고 있는 남자애들 자리밖에 없어. 거기도 뭐 너에게는 지루하겠지만."

"나는 집에 가고 싶어."

나는 조금 낮은 목소리로 말했다.

"뭐라구? 지금 말이야? 농담이겠지. 그건 콧대가 높은 것뿐이 아니고 모욕이 될 수도 있어. 실례라니까. 전형적인 가난뱅이처럼 허겁지겁 이것저것 다 집어먹고 마시고 그다음

에 휑하니 가버리겠단 말이지, 축제를 즐기지도 않고 말이
야."

전형적인 가난뱅이, 란 내가 요아힘에게 즐겨 사용하는 호
칭이었지만 이번에는 요아힘이 그것을 나에게 날렸다.

"하지만 난 조금도 즐길 수 없다구. 파티 같은 데 오는 무
리들은 국적이나 나이나 계급이나 인종을 초월해서 다 돌대
가리 속물들뿐이라는 것을 분명히 알았어. 지겨운데 왜 참아
야 하지?"

"조금만 더 기다려봐, 혹시 무슨 다른 방법이 생각날 수도
있으니까."

"다시는 이런 데 오지 않겠어. 넌 왜 나를 데리고 왔지?"

"너도 좋다고 했잖아. 그렇게 신경질적으로 굴지 마."

그러면서 요아힘은 나를 자신이 있던 부엌으로 데리고 갔
다. 부엌은 금방 새로 도착한 한 무리의 대학생풍의 젊은이
들이 음식을 덜어 담고 맥주병을 따고 그리고 서로 인사를
나누느라고 한창 소란스러워져 있었다. 그 틈에 눈에 띄지
않게 창가 자리로 가 앉으면서 나는 어떻게 하면 번거로운
질문이나 악수나 내키지 않는 포옹 없이 살짝 빠져나갈 수
있을까 그것을 생각했다. 지금의 거리는 마치 전쟁터와 조금
도 다를 것이 없을 터이다. 그러나 나는 조금이라도 참는 것

이 싫었다. 그것은 극단적인 무의미함을 뜻했다. 그때 누군
가 나에게 혹시 담배 있으면 하나만 주겠어? 하고 물어왔다.
나는 없다고 했다. 그리고 나는 담배 피우지 않아, 하고 덧붙
였다. 바로 내 뒤에서 한 무더기로 뒤엉킨 오랜만에 만난 대
학생들이 서로 자기들의 학점과 시험과 교수에 대한 비평과
겨울철 일자리에 대해서 한꺼번에 떠들어대고 있었기 때문
에 나는 나에게 말을 건 사람이 정확히 누구인지 몰랐다. 단
지 탁자 위에 올려놓은 유난히 큰 손만을 보았을 뿐이었다.

"그래? 유감인데. 넌 옛날에는 흡연자였는데 말이야."

목소리는 그렇게 말하면서 입맛을 쩍 다셨다. 나는 뒤돌아
보았다.

"나를 알아?"

처음 보는 얼굴이었다. 검게 그을린 얼굴에 유난하게 파란
눈동자가 빛나는 키가 작은 남자였다.

"그럼. 넌 몇 년 전에 에리히의 파티에 왔었잖아. M과 함
께 말이야. 안 그래? 어때, M은 잘 지내고 있는 거야? 몇 년
동안이나 못 보았는데 말이야."

그리고 그는 원래 관심도 없었다는 듯이, 내 대답을 기다
리지도 않고 학생들의 무리 너머로 사라졌다. 건너편 방에서
아는 얼굴을 찾아 담배를 달라고 할 참인 모양이었다. 그러

나 나는 그가 기억나지 않았다. 요아힘이 내 코트와 자신의 재킷을 들고 사람들을 뚫고 나에게 다가왔다. 아직도 가고 싶다면 지금 갈 수 있어, 하고 그가 말했다. 너도 가고 싶니? 하고 내가 물으니 요아힘은 난 상관없어, 아무래도 상관없다니까, 하고 반복하면서 대답했다.

"난 혼자 갈 수 있어. 그러니 요아힘, 넌 여기 더 남아 있을 수 있다니까. 프리드리히 거리에서 지하철을 갈아탄 다음 알렉산더광장에서 다시 전차로 갈아타면 되는 거잖아."

"넌 그러지 못해. 지금 프리드리히 거리 지하철역이 어떨지나 알고 있니? 그리고 전차를 갈아타려면 지하철역에서 한참을 걸어가야 하는데 지금 혼자서는 아마 힘들걸."

"그렇다면 좋아. 지금 나가자."

우리가 옷을 입고 현관으로 나가자 처음에 자기소개를 했던 여자애가 다가와서 웃으면서 어디 가느냐고 요아힘에게 물었다.

"너희들 어디 가는 거야? 봐, 이제 이십 분만 있으면 불꽃놀이 파티가 시작되는데 설마 벌써 가는 것은 아니겠지? 그때 와인을 마시고 진짜 파티가 시작될 텐데. 좀더 신나게 놀자."

"가는 것은 아냐. 내 친구가 머리가 아프다는 거야. 그래서 아래층에 내려가 바람을 좀 쏘이고 싶어서 그래."

그러면서 요아힘은 나를 가리켰다.

"그래? 그렇다면 빨리 올라와, 조금 있다가 보자."

나를 향해 손을 흔들며 즐거워하는 여자애에게 나는 안녕, 하고 쏘아붙여주고 문을 열고 밖으로 나와 다시 문을 닫았다. 웅웅거리는 음악소리와 소음이 문 뒤에서 희미하게 들렸다. 층계를 내려와 건물 밖으로 나오니 멀리서 폭죽이 터지고 있었다. 멀리서 화약 냄새가 나는 공기는 차가웠지만 그래도 파티장보다는 신선했다. 역시 참고 기다리지 않기를 잘했다는 생각이 들었다. 지하철역으로 다가갈수록 불꽃놀이는 대담해지고 충격적이 되었다. 지하철역 입구를 향해서 폭죽을 쏘면 지하에서 터지는 그 소리는 정말 굉장하다. 실제로 귀에 통증이 온다고 느껴질 정도이다.

"알프레드에게 말했어?"

나는 귀를 막은 채 요아힘에게 물었다. 그가 고개를 흔들었다.

"차라리 말하지 않는 편이 나을 것 같았어."

그리고 그는 심통스럽게 덧붙였다.

"조금만 더 기다렸으면 와인을 마실 수 있었는데 말이야. 다 너 때문이야."

"무슨 말이야? 난 분명히 혼자 갈 수 있다고 했어. 네가 따라 나온 거잖아."

"네가 그렇게 잘난 척하는 표정을 짓고 있는데 그애들이 나하고 말하고 싶겠어? 정말 도도해 보이더라."

"나는 잘난 척하는 표정 짓지 않았어."

"파티에서는 절대로 그러면 안 돼."

"나는 파티 같은 것 상관하지 않아. 그리고 그애들은 너도 무시했어, 요아힘. 설마 모르지는 않겠지?"

"그애들은 대부분 김나지움을 나온 애들이고 난 그들을 잘 몰라. 그래서 그래. 하지만 나도 그런 것은 아무런 상관이 없어."

요아힘은 자신도 보통의 김나지움 출신의 친구들을 갖고 있으며, 북유럽에서 온 금발머리 여자애들과 자연스럽게 대화를 할 수 있는 그런 모임에 소속되어 있다는 것을 나에게 보여주고 싶었던 것이다. 비록 성공하지는 못했지만 말이다. 그렇다. 에리히는 훔볼트 김나지움의 영어교사였다. 요아힘의 말은 나에게 그것을 상기시켰다.

"요아힘, 그들 중의 한 명이 날 알아보았어. 옛날에 아마도 에리히의 파티에서 날 본 모양이야."

요아힘은 별말이 없었다. 그는 계속해서 파티에 남겨두

고 온 음식과 맥주와 와인을 생각하고 있는 듯했다. 그는 두 팔을 앞으로 하여 팔짱을 낀 채 빠른 걸음으로 걸었다. 길에는 인적이 없었다. 이제 십몇 분만 있으면 자정이고 폭죽 파티가 시작될 참이었다. 이런 시간에 거리에서 서성이는 것은 바보 같은 일일 터이다. 친구들을 모아 파티를 열거나 클럽에서 하는 파티에 참석하거나 광장을 좋아하는 사람들은 이 추위에도 불구하고 브란덴부르크 문으로 가서 텔레비전 방송 촬영을 구경하거나 할 것이다. 그렇지 않은 젊은이들은 거리 곳곳의 작은 광장에서 폭죽을 터뜨리고, 동네 꼬마들은 손에 손에 폭죽을 들고 골목의 어두운 곳에 숨어 있다가 지나가는 사람들의 발밑에 요란한 소리가 나는 폭죽을 쏜 다음 달아날 것이다.

"그래, M은 어때? 혹시 연락하고 있어? 잘 지내고 있나?"

지하철을 기다리고 있다가 요아힘이 문득 생각난 것처럼 물었다. 그가 M에 대해서 말한 것은 처음이었다.

"잘 모르겠어. 지난번 베를린을 떠난 이후 만나거나 연락한 적 없어."

"그래?"

그리고 요아힘은 잠시 동안 생각에 잠긴 듯 말이 없다가 덧붙였다.

"시테포슈, 그 구역에 사는 프랑스 의사의 개인 요양소에서 지낸다는 말을 전해들었는데. 그게 전부야."

"그게 전부라니, 넌 M의 오랜 친구였잖아."

"M이 먼저 연락을 끊었어."

프리드리히 거리까지는 두 정류장만 가면 되었다. 시내는 브란덴부르크 문으로 가려는 사람들과 지하철에서 폭죽을 터뜨리고 싶어하는 젊은이들과 이런 날 근무해야 하다니 정말 한심하다는 표정의 경찰관들과 뭔가 볼만한 것이 있지 않을까 하는 관광객들로 북적대고 있었다. 요아힘은 다시 나에게 브란덴부르크 문을 구경하고 싶냐고 물었다. 나는 싫다고 했다.

"조금만 더 기다렸으면 와인을 마실 수 있었는데 말이야. 다 너 때문이야."

요아힘은 다시 한번 투덜거렸다. 우리는 프리드리히 거리에서 지하철을 갈아탄 다음 알렉산더광장으로 나와 사람들의 흐름을 가로질러 전차 정류장으로 향했다. 언제 어디서 폭죽이 터질지 알 수 없었으므로 긴장하고 있었다. 그러는 중에도 거의 끊임없이 하늘에는 색색가지의 불꽃이 피어나고 있었다. 전차를 탄 다음, 시계를 보면서 요아힘이 숫자를 세었다.

"셋, 둘, 하나. 이제 시작이다."

우리는 전차 마지막 차량의 맨 뒷자리, 차량의 후면 반쯤이 유리창으로 된 장소에 마주보고 앉아 있었다. 요아힘이 이렇게 말하고 전차가 알렉산더광장에서 커브를 돌 때 광장 전체에서 수천 개는 되어 보이는 폭죽이 하늘로 피어올랐다. 폭죽은 일 분 정도 계속해서 그치지 않고 불꽃을 피웠다. 삼 년 전의 어느 날 나는 M의 집에서 열리는 파티에 간 일이 있었다. 옥상에서 열리는 파티였다. 그러나 그런 식의 연출된 불꽃놀이와는 다른, 섣달그믐날의 불꽃놀이는 짐승을 모는 사냥이나 도시에 번지는 페스트, 혹은 중세의 전쟁처럼 원시적인 데가 있었다. 전차에는 승객이 거의 없었다. 당연한 일이기도 했다. Frohes neues Jahr! 우리는 서로 마주보고 인사했다. 어쨌든 새해였으므로.

"조금만 더 기다렸으면 지금쯤 와인을 마실 수 있었을 텐데 말이야. 샴페인에다가 음악에다가, 따뜻하고 밝은 파티장에서 새해를 즐겁게 맞을 수 있었는데. 이런 더러운 전차 구석이 아니라 말이지. 다 너 때문이야."

요아힘은 버릇처럼 중얼거림을 덧붙였다. 전차가 알렉산더광장을 빠져나와 몰 거리와 후페란트 거리를 지날 때까지 불꽃은 하늘을 검은 비단 천 위의 무늬처럼 수놓으며 전차를 따라왔다. 모든 거리의 모퉁이나 광장에서 불꽃놀이가 한창이었기 때문이다. 그라이프스 발더 거리 근처의 레닌공원에서 처음으로 십대들이 우리가 탄 전차를 공격했다. 달리는 전차 바퀴와 유리창을 향해서 폭죽을 쏘는 것이다. 그것이 터지는 소리는 굉장했다. 도시 전체가 색색가지의 횃불이 밝혀진 일렁이는 섬광 그 자체였다. 그것은 또한 폭격을 당하고 있는 베를린의 모습을 연상시켰다. 모퉁이 하나를 돌 때마다 새로운 그룹들이 전차를 향해서 폭죽을 쏘기 시작했다. 동베를린 지역으로 깊숙이 들어옴에 따라 그 정도는 심해졌다. 유리창으로 사람의 모습이 보이는 전차를 그들은 놓치지 않았다. 토마스 만 거리를 지나 오스트호수 방향을 지날 무렵 우리는 마침내 전차 유리창 아래로 고개를 숙이고 방공호에 들어간 시민들처럼 몸을 구부렸다.

"다 너 때문이야."

요아힘이 다시 한번 강조했다.

요아힘은 자신이 나중에 성공한 사업가가 되어 슈프레강가에 집을 짓고 스포츠카를 몰고 살게 된다면, 평범한 젊은 엔지니어가 어떻게 그렇게 빨리 부유해질 수 있는지는 의문이지만, 그 이후에 부수적으로 받게 될 여자들의 관심과 애정으로 충분히 만족할 수 있다고 오래전부터 말하곤 했다. "러시아 여자나 폴란드 여자면 어때, 아니 더 좋아. 예쁘면서도 까다롭지 않을 테니까." 이런 식으로 그녀들을 모욕하는 말을 하면서 말이다. 이죽거리는 것이 아니라 그는 진심으로 그렇게 생각하고 있는 것이다. "그렇지 않다면, 도대체 또다른 뭐가 더 중요하다는 거지?" 하면서. 그리고 그는 또 말하기를, "너도 결국 M이 부유하기 때문에 좋아하는 거잖아, 그렇지 않아? 부정한다면 너는 정직하지 못한 거야" 하고 말했다. 요아힘은 M처럼 몸이 약하거나 알레르기를 앓고 있지는 않았다. 술을 마시지도 않았고 담배를 피우지도 않았다. 단지 어쩌다가 돈이 조금 생기면 조인트를 사 피울 뿐이었다. 그에게 실제적으로 이익이나 손해를 가져다주는 일이 아니라면 그는 하등의 관심을 가지지 않는다고 봐도 좋았다. 그는 자신은 죽음을 두려워하지 않는다고 했다. 조금도 말이다. 말 그대로, 짧은 순간이면 끝나는 것인데 무엇을 두려워할 필요가 있느냐는 것이다. 만일 그가 대학을 다 마치지 못하거나 그런 비슷한 일이 생긴다면 그는 자살할 것이라고 했다. 그러면서 그는 두번째 손가락을 목에 가로대고 끽, 하고 짧은 소리를 냈다. 국립도서관 흡연실에서의 일이다.

"끽, 이렇게 짧게 끝나는 거야. 그런 걸 가지고 왜들 그렇게 난리법석인지 알 수 없거든. 이른바 예술가나 지식인이라고 하는 사람들 말이야. 책이며 연극이며 무슨 에세이며 말이지. 단지 문제를 일으키기 위해서 예술적이라고 하는, 그런 화제를 만들어내는 것에 불과하지 뭐야. 결국은 돈과 명성, 그것만을 바라고 있다는 점에서는 다른 사람들과 하나도 다를 것이 없으면서 말이지."

그러면서 요아힘은 커피에 우유를 듬뿍 타고 잼이 듬뿍 얹힌 케이크를 깨물어 먹었다.

"흠, 그렇다면 그런 문제에 대해서 촌평할 만큼 이것저것 충분히 읽어보았다는 거야?"

"이런, 우리는 말이야. 학교에서 의무적으로 읽어야 하는 거야. 아비투어를 통과하려면, 무엇 때문에 필요한지는 전혀 알 수는 없지만, 이상한 것들을 다 읽어야 한다고. 예를 들자면, 난 학교에서 『양철북』을 읽어야 했어. 너 혹시 그 책을 알고 있니? 엄청나게 길고, 지루하기는 라틴어보다 더한데 분명히 다 읽은 다음에도 무슨 말인지 전혀 생각나지 않고 이해되지도 않는 그런 내용이지. 그런 작자들이 사용하는 언어는 따로 있는 것이 분명해. 교묘한 속임수를 써가지고서는 돈을 벌어들이지. 그러지 않고서는 분명히 같은 독일어인데 이렇게 순식간에 까맣게 잊어버리게 한다든지 의미가 모호한 말들만 사용하는 그런 책을 쓸 필요도 없을 거야. 뭐가 뭔지 모르게 하려는 수작이 분명해. 엔지니어가 되려는데 왜 그런 책을 읽어야 한다는 건지 모르겠어. 일단 작가들에게 돈을 벌게 해주려는 속셈이 아닐까. 그것 말고는 이유가 전혀 없잖아."

"귄터 그라스의 『양철북』을 읽었다고? 네가 말이야?"

"그래. 지금 내가 한 말 이해 못한 거야? 기껏 말했더니."

"의외라서 말이지. 뭐 기억나는 것 있어?"

"내가 다 말했잖아. 하나도 없어. 영화도 봤는데, 내가 본 것 중에서 가장 지겨운 영화였어. 그런데 이상하게 그는 유명해. 아주 유명하지. 돈도 아주 많을 것임이 분명해. 따라서 여자들도 많이 가질 수 있을 거야."

"요아힘, 그런 바보 같은 소리 집어치워."

"왜, 어때서? 너도 부자라서 M을 좋아하는 거잖아, 안 그래? 뭐 다른 게 있을 줄 알아?"

요아힘은 사회봉사요원으로 군복무를 대신할 때 양로원에 소속된 노인병동에서 일했다고 했다. 물론 그가 지원하거나 한 일은 결코 아니며 그곳에 지정받았기 때문에 무조건 그곳에서 일해야 하는 상황이었다는 것이다. 미묘한 감정이나 감수성 면에 있어서 요아힘은, 그 자신이 인정하는 대로, 예민한 편도 전혀 아니고 또한 그런 감정들을 별로 존중하지도 않았지만 그 병동에서 일했던 경험에 대해서는 그 이전에는 거의 이야기한 적이 없었다. 스무 살이 갓 넘은 청년에게는 별로 유쾌하지 않은 기억들로 가득했던 것이다.

"그곳은 병원에서도 중환자들이 오는 곳이었어. 아니, 중환자가 아니라, 의사가 디이상은 치료해봤자 소용없다고 판단한 사람들 말이야. 병이 위독해서가 아니라, 단지 그들이 나이가 너무 많아서 질병이나 그것을 위한 치료과정을 감당할 수 없게 쇠약하기 때문이지. 혹은 별로 그럴 필요가 없거나 말이야. 그러면 그대로 끝이야. 그냥 침대에 누워서, 죽는 날만을 기다리는 거라고. 나이가 많기 때문에, 불쌍하게 생각하는 사람들도 아무도 없어. 거기서 난 매일 아침 수십 명의 나이든 여자들의 배설물로 더러워진 아랫도리를 씻어내줘야 했다고. 상상할 수 있어? 그런 기분 말이야. 단지 기분뿐이 아니고 그 아랫도리 모양하고 냄새란 정말 실제적이지. 게다가 그걸 봐야 한다고. 그냥 샤워기로 대충 씻어내는 것이 아니고 손을 이용해서, 왜 화장실 변기 솔을 사용하면 안 되는 건지 모르겠어, 깨끗하게 씻어내도록 교육받은 거야. 난 지금도 모르겠어. 나이든 여자들의 성기가 왜 그렇게 큰지 말이야. 탄력은 하나도 없게 말라붙어서 쭈글쭈글한데 씻어도 씻어도 끝이 없게 커다란 거야. 거짓말 보태지 않고, 거인의 덧신처럼 시커멓고 크다고. 남자는 거의 없어. 대부분 여자들이야. 아마 여자들의 평균수명이 길기 때문이겠지. 그리고 운이 없게도 죽는 데 시간이 걸리는 사람들이 얼마나 괴로워하는지 모르지? 뭐, 육체적인 고통 때문이라기보다는 그런 취급을 받고 살아가야 하니, 누군들 괴롭지 않겠어? 그러나 물체처럼 가만히 있는 것 말고 그들이 달리 할 수 있는 일이 아무것도 없으니 선택의 여지가 없잖아. 그러니 누군가 그들이 죽음을 선택할 수 있도록 반드시 도와줘야 해. 그러나 일단 결정적인 순간이 오면, 끽, 간단하게 끝나는 거야. 약 먹은 벌레보다 더 쉬워. 그러면 기다렸다는 듯이 우리 사회봉사요원들이 뛰어들어가서 농담을 하면서 그 구역질나는 자리를 치우고 나면 다시 새로운 환자가 들어오는 거야. 이 나라의 많은 젊은이들이 그 일을 하고 있기는 하지만 말이야, 역시 젊은이에게는 정말로 역겨운 일이었어, 우웩."

그러면서 요아힘은 커피를 한 모금 꿀꺽 삼키고 옆자리에 놓인 날짜 지난 타게스슈피겔을 뒤적거리면서 다시 덧붙였다.

"너도 그런 데서 죽게 될 거야, 분명히."

"왜 그렇게 생각하는 거야?"

"다른 장소란 존재하지 않으니까. 그렇지 않아?"

"흠, 그러는 너는 뭐 별수 있는 줄 알아?"

"난 달라. 남자들은 그런 데서 많이 죽지 않아. 그리고 난 그렇게 오래 살지 않을 거니까. 정말이지 늙어서 죽는 거라면, 사양하고 싶어. 난 빨리 죽을 거야. 그리고 나는 죽는다는 것이 이상할 정도로 전혀 두렵지 않아, 정말이야."

정신적 빈곤과 경박함은 곧 죽음과 다를 것이 없다. 이것은 M의 생각이었다. 진지한 시선이 결여된 정신은 부패하는 고기보다 더 나을 것이 없다는 것이다. 죽음이란 실제로 구체적인 형상으로 나타나기에 앞서서 추상적인 개념으로 우리 삶의 내용을 포괄적으로 점유한다는 것이다. 그 기준으로 말한다면, 이미 태어나는 순간부터 죽어 있는 사람들이 있다. M의 견해에 의하면 요아힘도 그런 사람들 중의 한 명이었다. 그러므로 요아힘이 입버릇처럼 자신은 죽음을 두려워하지 않으며 그것은 자신에게 전혀 공포나 짐이 아니라고 말하는 것은, 즉 그 자신은 전혀 의식하지 못하고 있더라도, 거짓말이 아닌 것이다. 처음에, M을 잘 이해하고 있지 못할 때에는 M이 요아힘을 지나치게 냉혹하게 판단한다고 생각하지 않은 것은 아니었다. 그러나 M을 알게 된 이후, M이 가지고 있는 인간에 대한 사상은 개인적인 친밀감이나 인간적인 애정을 초월하여 M이 지속적으로 봉사하고자 하는 인간 외부에 따로 존재하는 관념이라는 것을 깨닫게 되었다. M은 냉정하게, 때로는 잔인하게 들릴 정도로 요아힘에 대해서 정확하지만 비인간적인 평가를 내렸다. 그것은 요아힘 개인에 대한 비판이라기보다 인성 자체에 대한 좀더 포괄적인 비판적 견해였다. 요아힘도 그것을 잘 알고 있었으나 개의치 않았다. 도리어 역으로 M을 공격하기도 했다. 자신은 M과 같은 예술적인 취향의 인간이 아니며, 왜 모든 인간이 추상적인 세계에 몰입해야 하고 그런 것만이 아름답다고 칭송해야 하며 유일하게 대중에게 저렴한 가격으로 릴렉스를 제공해주는 텔레비전을 경멸해야 하는 이유가 무엇인가, 하고 당당하게 큰소리로 묻곤 했다. M이 언제나 냉소하고 있었던 것은 요아힘의 사고력의 단순성과 협소한 지평이었으나 요아힘은 언제나 파생되는 결과만을 가지고 거꾸로 되묻곤 했던 것이다. 그래서 그들의 토론을 듣고 있노라면—그것도 토론이라고 이름 붙일 수 있다면—요아힘이 점점 더 바보스러운 고집쟁이로 보일 수밖에 없었다. 요아힘은 토론이나 논쟁에 익숙하지도 않았고 그런 것을 즐기지도 않았다. 그러나 지금 생각해보면 요아힘이 진심으로 M의 생각을 이해하지 못해서 그랬던 것은 아니라고 짐작할 수 있다. 요아힘은 단지 거기에 동의할 수 없었을 뿐이다. 그리고 요아힘은 그렇게 긍정하지 않는 문제에 대해서 논리적으로 되는 자질이 부족했다. 그는 관념적인 관용을 어떻게 표현해야 하는지 몰랐다. 그래서 그런 식으로 반박할 수밖에 없었을 것이다.

M은 그때 겨울공원 근처에서 살고 있었다. M과의 수업이 없는 날이라도 도서관에서 집으로 돌아오는 길에 요아힘과 나는 M의 집을 방문하기도 했다. 그 공원의 이름이 어째서 겨울공원인지는 알 수 없었다. 그것은 겨울이 아닌 다른 계절에도 변함없이 존재하고 있었다. 그러나 공원 입구의 초록빛 양철 게시판에는, '겨울공원, 호엔쉰하우젠'이라고 적혀 있었다. 눈이 많이 내린 다음이면 어린아이들이 썰매를 손에 들고 모여들었다. 공원의 구릉지대에서 썰매를 타려는 것이다. 얼어붙은 경사진 오솔길은 썰매를 타기에는 최고였다. 겨울이 되면, 숲에는 잎이 떨어진 나무들과 작은 크기의 초록빛 전나무들 모두가 눈으로 하얗게 덮이고 냉장고에 넣어둔 과자처럼 차갑게 얼어붙었다. M의 집은 공원 뒤편의 숲길 언저리에 있었다. 그곳은 언제나 그늘이 지는 장소라서 다른 곳보다 더 춥게 느껴지는 구역이었다. 전차에서 내린 요아힘과 나는 버스를 갈아타는 대신, 숲을 통과하는 오솔길을 걸어 M의 집으로 가곤 했다. 그것이 훨씬 가까웠기 때문이다. 공원 숲속의 눈은 오랜 시간 녹지 않고 남아 있었다. 심지어 눈이 내

린 지 몇 주일이나 지나, 거리에도 지붕 위에도 길가 그늘에도 눈이 보이지 않을 때라도 공원 숲속에는 전날 밤 내린 것처럼 단단하고 차갑게 눈이 쌓여 있었다. 전차 소리가 들려오지 않는 숲의 한가운데로 들어가면 그곳은 작고 고요한 얼음의 나라였다. 숲의 모퉁이를 돌아 아래편의 주택단지가 보이지 않는다면, 마치 영원히 겨울만 있을 것처럼 보이는 그런 시간과 장소 말이다. 누군가 만들어놓은 커다란 눈사람을 본 적도 있었다. 눈이 내린 지 적어도 한 주일은 지난 것 같은데 눈사람은 형체가 거의 변하지 않은 채로, 머리 위에는 펼쳐진 검은 우산을 꽂고 있었다. 그 아래에는 더러워진 『빌트』지의 영화 프로그램 페이지가 구겨진 채 버려져 있었다. 숲 사이로 보이는 하늘은 뭔가를 태우는 연기에 가득 덮인 것처럼 흐렸다. 그러나 저녁이 다가오면 꿀처럼 은은한 빛이 서쪽 하늘에 잠시 나타났다. 겨울과 저녁과 석양으로 숲의 세계가 넘쳤다. 그러다 갑자기 눈이 내리게 되면 얼굴과 입술과 머리카락이 모두 젖었다. 마치 다른 세상과 같았던 숲의 한가운데는 금방 끝나고 우리는 다시 내리막길을 앞에 두고 주택단지의 입구를 보게 된다. M의 집은 주택단지의 가장 가장자리 구역에 있었다. 우리는 현관 입구에서 M의 집 벨을 누르고 M이 문을 열어주면 안으로 들어갔다. 그리고 사층에 있는 M의 집으로 올라갔다. 건물 안쪽 입구에 놓인 난방 장치의 온기 때문에 완전히 얼어붙었던 얼굴과 손과 발의 무감각이 빠른 속도로 풀리면서 얼굴은 붉게 달아오르고 연기를 한껏 들이마신 듯이 가벼운 현기증이 일었다. 언제나 요아힘은 나보다 서너 걸음 빠르게 층계를 달려올라갔다. 어서 빨리 따뜻한 방으로 들어가고 싶은 것과 커피를 마시면서 몸을 녹이고 싶은 것 때문이었다. 그는 먼저 들어가 M에게 인사를 하는 둥 마는 둥 하고 신발을 벗지도 않고 냉장고와 부엌을 기웃거리고 M의 컴퓨터를 만지작거리고 피아노 뚜껑을 열고 몇 번 건반을 두들겨본 다음 텔레비전 채널을 바꾸고 탁자 위에 놓인 쿠키와 초콜릿을 배가 부를 정도로 집어먹고 보온병에 든 커피를 컵에 따른 다음 잡지를 뒤적이면서 마침내는 소파 위에 길게 누워버리는 것이었다. 심지어는 내가 들어가기도 전에 이런 모든 행동을 마치고는 마지막 과자 조각을 씹으면서 소파 위에 누워서 집안으로 들어서는 나에게 안녕, 하고 태연하게 인사한 적도 있었다. M은 요아힘이 들어온 다음 나를 위해 문을 닫지 않고 그대로 놓아두었다. 대개 M의 집은 요아힘의 집처럼 어두웠다. 아니 거의 어둠 그 자체라고 해도 좋을 정도로 불을 밝히지 않았다. 그래서 내가 숨을 헐떡거리며 층계를 다 올라가 M의 집 앞에 서면 반쯤 열린 문 안쪽에서 오래된 집에서 나는, 말린 오렌지가 살짝 부패하기 시작하는 듯한 가볍고 달콤하면서 야릇한 냄새가 풍겨나오는 어둠을 만나곤 했다. 그것은 태양이 이제 막 사라져간 다음의 그늘과 같은 농도의 어둠이었다. 낮잠에서 깨어나기 직전의 꿈속에서 만난 듯한 세상과 같은 빛이었다. M을 잘 알지 못하던 때에도 나는 그 어둠으로 인해서 깊은 인상을 받곤 했다. 한참을 문 앞에 그렇게 서 있으면 그다음에 서서히 물체들이 형체를 잡고 보이기 시작했다. 어디서 오는지 알 수 없는 아주 희미한 빛이 집안으로 숨어들어와 말없이 고독하게 존재하는 사물들에게 최소한의 색과 소곤거림과 형체를 선물하는 듯했다. 장식이 하나도 없는 초록빛 벽과 닳아서 얄팍해진 작은 카펫이 깔린 좁은 복도, 우산과 구두를 넣어두는 간소한 벽장 문, 가구 닦는 왁스의 연한 냄새, 그리고 반쯤 문이 열린 채로 있는 카펫이 깔리지 않은 마룻바닥의 방 두 개, 그 문 뒤편에서 들리는 낮은 목소리, 책장을 스치는 소리. 그리고 나는 집안으로 들어가 문을 닫는다.

시간이 흐른 다음에 나는 어느 책을 읽다가 다음과 같은 구절을 발견했다.

어느 이른 저녁에, 우리는 진흙으로 지은 집들로 이루어진

한 촌락에 도착했다. 그 집들은 보기 흉한 연한 갈색이었고 드넓은 평원 위에 더할 나위 없이 쓸쓸하게 서 있었다. 한 줄의 철도가 평원을 왼편으로부터 가로지르고 있었다. 우리는 그곳에서 내렸고 선로가에 두 줄로 서 있어야 했다.

나는 그토록 황량한 장소를 만난 적이 없었다. 우리 주변에는 아무것도 없었나. 단지 유일하게 눈에 띄는 것이라고는 빛이 희미하게 사라져가고 있는 먼 지평선뿐이었다. 어디에나 가득찬 먼지뿐이고 끔찍할 정도로 적막했다.

한 명의 한족漢族 수감자가 나에게 속삭이기를, 이 지역은 '신장'이라는 곳의 시작점인데 아주 소름 끼치는 곳이라고 했다. 그리고 우리는 지금 로프노르Lop Nor사막으로 끌려왔으며, 이곳에서 중국 정부가 핵실험을 했다는 투르판Turfan 저수지까지는 완전히 죄수들만의 도시뿐이라고 했다. 즉 수백만 명의 사람들이 수천 개의 수용소에 갇혀 있는 것이다.

나는 왜 이 구절들이 M과 그리고 M의 집을 정기적으로 방문하던 최초의 시기를 생각나게 하는지 잘 알지 못했다. M은 중국인도 아니었고 우리 사이에서 중국이나 그곳의 감옥이 테마가 되어본 적도 없었는데 말이다. 지금 내가 있는 곳은 눈에 띄는 것이라고는 아무것도 없는 장소, 사방을 돌아보아도 황량한 사막과 저멀리에 먼지구름이 가득한 지평선뿐인 그런 장소. 그리고 지금 내가 유일하게 할 수 있는 일은 죽는 날까지 수백만 명 중의 하나인 이름 없는 죄수로서 지내야 할 더럽고 초라한 수용소 안으로 들어가는 것뿐. 왜 그런 지독한 상황이 나에게 M과 M을 방문하던 시기를 생각나게 하는지 그 분명한 원인은 알지 못했다. 그러나 이 구절을 읽었을 때, 그 순간 바로 나는 겨울공원 근처에 있던 M의 집 문 앞에 서서 그 안의 어둠을 바라보고 있었다. 절대적으로 선택의 여지가 없는 일을 만났을 때, 그것은 대개 죽음이라고 불리며, 그 장소는 방향을 분간할 수조차 없이 황량한 곳이며, 이름 없는 존재로 수용되는 것이며, 수백만 중의 결코 구별되지 않는 하나로 소멸하는 경우이며, 혹은 설사 아주 다른 이름으로 불리더라도 그 내용에 있어서는 최소한 죽음과 아주 닮은 어떤 것이 된다.

섣달그믐날의 파티와 새해의 신년 음악회가 끝난 후 요아힘은 슐레스비히홀슈타인으로 홀로 떠났다. 플렌스부르크에는 그가 용접일을 배울 때 알게 된 마이스터가 살고 있다고 했다. 그는 연말휴가 동안에 해치워야 할 일을 가지고 있으므로 요아힘에게 자신의 작업장에서 짧은 일자리와 잠자리를 제공해준다는 것이다. 학기말 시험을 치르기 위해 요아힘이 돌아와야 하는 1월 마지막 주까지 그의 개 베니를 돌보면서 나는 그의 집에서 홀로 지냈다. 이틀에 한 번 정도로 비나 눈이 내리고 대개 칠 분이나 이십 분에 한 번 정도의 간격으로 전차가 지나갔다. 아침이 되면 날이 채 밝기도 전에 베니의 끙끙거리는 소리에 잠이 깼다. 내가 부엌에서 커피를 만들고 맨발로 서서 꿀을 바른 빵을 먹는 동안 베니는 참을성 있게 부엌 입구에서 기다리고 있었다. 재킷을 걸치고 장화를 신고 베니의 목에 줄을 걸면 베니는 그제야 참았던 울음을 삼키는 고통스러운 소리를 냈다. 요아힘을 찾고 있는 것이다. 눈이 내리지 않는 날은 묘지 입구까지 베니와 함께 걸어갔다. 그 묘지는 개와 자전거가 금지되어 있었다. 내가 묘지를 산책하는 동안 베니는 내가 요아힘과 함께 나타나기를 기대하며 묘지 입구의 자전거 거치대에서 기다리고 있었다. 현관 벨이 울리거나 낯선 소리가 문 앞에서 기웃거려도 베니의 귀는 칼처럼 곤두섰다. 그러나 요아힘이 아니라는 것을 베니는 금방 알아차렸다. 슬픔에 잠긴 개는 요아힘의 슬리퍼 위에 웅크렸다. 요아힘의 일반물리학 이론서가 놓인 탁자를 계속해서 쳐다보았다. 나는 요아힘이 그랬던 것처럼 베니를 안고 그 목덜미에 얼굴을 묻은 채 몇 번이나 중얼거렸다. 내 사랑, 내 심장, 내 유일한 것, 거기 머물러 있어. 곧 돌아올 테니까. 착하지, 내 사랑.

5

1월 두번째 주가 지나고 날씨가 어느 정도 안정되었을 때, 나는 여러 번의 시도 끝에 아침식사 메뉴를 파는 적당한 카페를 요아힘의 집 근처에서 발견할 수 있었다. 정확히는 집 근처가 아니고 전차를 타고 십 분 정도 가야 하는 장소였지만 그 정도면 부담되는 거리는 아니었다. 베니를 데리고 산책을 하는 길에 들르면 되는 곳이었다. 가격도 비싸지 않았고 게다가 거품을 얹은 밀크커피 맛이 아주 좋았다. 오븐에서 꺼낸 따뜻한 빵과 치즈와 버터와 돼지고기 햄의 아침식사 메뉴가 3유로, 밀크커피 큰 잔이 2유로였다. 햄과 치즈 대신 꿀과 초콜릿과 잼으로 한다면 2유로 50, 모차렐라 치즈와 토마토가 들어간 바게트는 3유로, 버터와 크루아상과 커피의 간단한 프랑스식 메뉴는 2유로 50이었다. 그리고 양젖 치즈와 버터, 올리브와 각종 과일과 식초에 절인 노란 고추로 이루어진 동양식 아침식사가 작은 잔에 든 진한 커피와 함께 5유로 50, 스크램블드에그와 베이컨을 곁들인 영국식 아침식사는 4유로 50이었다. 카페는 크지 않았고 전차가 다니는 큰길가가 아니라 수공업자들의 거리 끝 구석진 곳에 있었지만 찾아오는 사람들이 많았다. 주말이면 빈자리를 찾을 수가 없었다. 그러나 평일 한낮에는 여유 있게 창가 자리를 차지하고 책을 읽으면서 천천히 빵에 버터를 바르고 커피를 마실 수 있었다. 그 카페는 개를 데리고 들어갈 수 있었기 때문에 베니에게도 좋은 일이었다. 카페에는 개를 위한 메뉴도 있었다. 그것은 1유로 50이었지만 나는 두 번에 한 번 정도 베니에게 사주었을 뿐이다. 요아힘은 그 카페에 대해서 나에게 아무런 힌트도 주지 않았다. 그는 이 지역에서 몇 년이나 살았으므로 모를 리가 없었을 것이다. 그는 주말 아침이면 전차와 지하철을 갈아타고 멀리 단치거 거리까지 가서 아침을 먹곤 했다. 나는 단치거 거리가 마음에 들지 않았다. 거리 자체는 넓었으나 부산스럽고 정돈되지 않은 느낌을 주는 거리였다. 한때 거리를 넓히고 근사한 건물을 지으려는 시도가 있었으나 무슨 이유인지 알 수 없게 곧 잊히고 말아버린,

그래서 낡아빠진 중고 옷 상점과 지저분한 문신 스튜디오 몇 개만이 남아 있고 도로는 걷기 힘들게 좁고 울퉁불퉁하며 그 내용과 상관없이 거리가 지나치게 넓기 때문에 도리어 무너 져가고 있다는 생각이 드는 곳이다. 어딘지 모르게 정돈되 지 않고 급하게 지어진 볼품없는 건물이 들어선 드넓은 시골 의 먼지투성이 버스 환승역을 떠올리게 하는 곳이었다. 그러 나 그곳에는 요아힘이 가장 좋아하는 아침식사 카페가 있었 는데, 주말에는 뷔페 형식으로 제공되며 값이 싸고 맛도 좋 으며 종류도 많았다. 그러나 아침 일찍 가지 않는다면 결코 자리를 잡을 수 없다는 단점이 있었다. 카페에서 아침식사 를 하면서 읽을 만한 것으로 나는 요아힘이 가지고 있던 『아 메리칸 사이코』를 시도해보았으나 결국 읽지 못했다. 처음에 그 책에 손을 댄 것은 흥미가 있어서라기보다는 그가 가지고 있는 것 중에서는 내가 읽을 만한 것이 없었기 때문이었다. 그의 물리학이나 기술 서적, 해리 포터 시리즈도 마찬가지였 다. 개인적으로 나는 베데커 여행서를 아주 좋아했는데, 그 것은 다른 여행서들처럼 정보나 사진 위주라기보다는 서술 과 산문, 역사와 예술적인 인용이나 유물에 상대적으로 많은 지면을 할애하고 있기 때문이었다. 때로 베데커는 그것이 분 명히 실용서임에도 불구하고 빈약한 지성과 과장된 허풍으로 쓰인 다른 책보다 더 많은 기쁨과 충족감을 줄 수도 있었다. 그러나 유감스럽게도 요아힘이 가지고 있는 베데커는 내가 갖고 있거나 이미 읽은 것과 일치하는 것뿐이었다. 반드시 카페에서 시간을 보내기 위해서가 아니라 정말 절실하게 무엇인가 읽고 싶었기 때문에, 나는 돈을 아끼려는 노력을 포기하고 책을 사기 위해서 시내의 서점에 나갔다. 서점에서 세 권의 책을 골랐다. 첫번째 책은 카프카의 『성』이었는데, 왜 하필이면 그 책을 골랐는지 나는 알 수가 없다. 이미 오래전에 읽었을뿐더러 그다지 재미있게 읽지도 않았기 때문이다. 아마도 서점에서 그것을 발견했을 때 지난번에 읽었던 막스 앤더슨의 만화가 떠올랐기 때문일 것이다. 막스 앤더슨을 읽었던 것은 베를린에서 처음으로 독일어 공부를 시작한 지 얼마 되지 않아서였는데, 그 만화에서 주인공 여자 아기나가 한밤에 걸려온 전화의 요청에 따라 카프카의 『성』을 읽어주는 장면이 있었다. 그녀는 밤새도록 그 책을 다 읽어야했고 그다음에는 도스토옙스키의 『죄와 벌』을 읽어달라는 요청을 받게 되는 것이었다. 그러나 나는 이상하게 그 책에 집중할 수 없었다. 아마도 처음부터 그것이 아주 어려울 것이라는 선입견을 가지고 있어서 위축되었던 것 같다. 그러나 다른 책보다 어렵지 않았고, 도리어 더 쉬워 보이는 문장으로 되어 있어서 좀 놀라웠으나 그것이 책에 집중하는 데 더 도움이 되는 것은 아니었다. 나는 그것을 가장 마지막에 읽기로 마음먹었으나 결국 다 읽지 못하고 요아힘의 집에 남겨두었다. 요아힘에게 읽기를 바란다는 짧은 메모와 함께 말이다. 물론 요아힘은 그것을 읽지 않을 것이지만. 그다음은 『책 읽어주는 사람』, 그리고 『사람들이 모여 함께 살기』라는 책이었다. 나머지 두 권의 책을 나는 카페에서 아침을 먹거나 전차를 타고 공원으로 가거나 밤에 잠이 오지 않거나 텔레비전을 보거나 음악을 듣는 데 지치면 읽곤 했다. 반드시 정독을 한 것은 아니고 아무 페이지나 펼쳐서 읽다가 지루해지면 다시 덮어버리곤 한 것이다. 나중에 나는 『책 읽어주는 사람』을 읽은 사람들을 종종 만날 수 있었는데, 그들은 내가 책 읽기를 좋아한다고 하면 반드시 그것을 추천하곤 했다. 그들 중에는 책이나 문장이나 글귀에 대해 심미안을 가진 사람도 있었고 그렇지 않은 사람도 있었다. 심지어는 책에 관해서 내가 경멸하는 취향을 가진 사람들조차도 그것을 추천하곤 했다. 아마도 그 책의 마지막 부분의 비극적인 요소가 감정에 호소하는 면이 크기 때문이라고 짐작되었다. 그것은 좋은 의미로 이곳에서 베스트셀러였던 것이다. 그 책의 문장은 한번 손에 잡으면 놓기 어려운 흡인력을 가지고 있는 것이 사실이었다. 내가 그것을 읽기 시작할 무렵 어느 날, 늦은 시간에 나는 전차를 탔다. 늦은 오후에 특별한 목적지를 정하지 않고 나갔다가 서서 먹는 음식점에서 타이 수프를 먹고 밤늦게까지 문을 여는 프리드리히 거리의 음반 상점에서 음악을 듣고 서점에서 책을 고르다가 집으로 돌아가는 길이었다. 혼자 앉는 좌석에 자리잡은 나는 『책 읽어주는 사람』을 펼쳐들었다. 그리고 읽기 시작했다. 창밖은 깊은 어둠이었기 때문에 책을 읽는 것 말고는 달리 할일이 없었다. 나는 계속해서 읽었다. 아름답고도 낯선 문장들이 책 속에서 차례로 나타났다가 보이지 않게 창밖의 어둠 속으로 사라져갔다. 문장들은 아름다우나 간단하지가 않았고 나로서는 흔히 볼 수 없는 단어들도 빈번하게 사용했기 때문에, 여러 개의 부속 절을 포함하고 있는 문장들을 이해하기 위해서, 그리고 모르는 단어들을 문맥 안에서 추측하기 위해서, 나는 한 문장 한 문장 집중해서 몇 번이고 읽어야 했다. 그렇게 집중하면서 점점 책 속에, 정확히 말하면 그 문장들 속으로 빠져들어갈수록 나는 더듬거리면서 나도 모르게 어느 정도 소리를 내어 읽기도 했다. 나는 내가 읽으면서 동시에 그것을 듣고 싶기도 했다. 마치 옛날 M에게 그랬던 것처럼. 그때 요아힘은 나를 데리고 M의 집으로 갔다. 나는 이미 한 독일어 교사에게 베트남 소녀와 함께 수업을 받고 있었으나 스위스에서 몇 년이나 살았던 베트남 소녀의 어휘력을 따라갈 수가 없었다. 게다가 그 베트남 소녀는 대학에 들어가기를 원하고 있었기 때문에 외국인의 대학입학자격시험 형식을 의식하는 수업이었다. 나는 대학입학자격시험을 치를 생각이 없었고 그런 형식의 수업이 싫었다. 그래서 경제적으로 무리가 되더라도 혼자서 강습을 받기를 원하던 참이었다. 그러나 마땅한 독일어 개인교습 교사를 찾는다는 것은 무척 어려운 일이었다. 이곳에서는 개인교습이 그리 일반적인 경우가 아니기 때문이었다. 그때 요아힘이 직업적인 교사가 아니라서 어떨지 모르겠다는, 자신 없는 말투로 M에 관해서 이야기해주었다. 요아힘의 말에 따르면, M은 언어학을 공부한 사람이었고 (요아힘의 표현에 따르면) 음악에 미쳐 있는 영혼이었으며 요아힘과 함께 수학 강좌를 들었다고 했다. 요아힘은 수업이 있었으므로 나를 M의 집 앞에 데려다주고 바로 학교로 갔다. 나는 M을 처음 만났고, M을 알지 못했고, M의 발음에 익숙하지 않았다. 처음 만난 M은 키가 컸고 중성적이고 아름다웠으나 엄격해 보였다. 그러나 내가 그 첫인상의 느낌을 채 정돈하기도 전에, M은 심지어 인사조차 건네지 않고 한 권의 책을 건네면서 단어를 몰라도 상관없으니 발음의 규칙에 따라 큰 소리로 읽어보라고 했다. 책의 제목을 보았으나 전혀 이해할 수 없는 문장이었고 더듬거리며 내가 읽은 내용도 이해할 수 없는 것이었다. 그래서 유감스럽게도 나는 지금 내가 처음으로 읽은 그 책들이 무엇이었는지 전혀 기억할 수 없다. 나는 그때까지 문법 교본 외에는 어떤 책도 독일어로 읽은 적이 없었다. 내 발음은 당연히 엉망이었고 나는 더듬거리고 자주 틀리게 읽었으며 끊어야 할 곳과 연결해야 할 곳을 당연히 찾지 못했고 모음의 장단을 전혀 구별하지 못했으며 이상하게 악센트를 넣었다. 단언하건대 그때 내가 읽은 것을 M은 결코 모두 알아들을 수 없었을 것이다. 그것이 우리들의 첫 수업이었다.

그 이후 계속해서, 나는 내가 전혀 이해하지 못하는 문장도 소리내어 읽었으며 그것을 들으며 M의 표정이 변화하는 것으로 그 문장의 내용을 짐작하곤 했었다. 슬픔이거나 고통이거나 놀라움이거나 지루함이거나 한숨이거나 무표정이거나 반항이거나 거절이거나 혹은 욕망인 것들. 간혹 M은 금방 읽은 그 문장을 한번 더 읽어달라고 요구하기도 했다. 그러면 나는 전혀 이해하지 못한 채로 더 정확하게 발음하려고 노력하면서 그 문장을 다시 읽었다. 이것은 무엇일까. 그 순간 문장으로 인해 M이 느끼고 있는 감정을 나는 하나도 공유하지 못한 채로 분노와 갈망 때문에 벌벌 떨면서 M의 앞에 앉아 있곤 했다. 문장을 이해한다는 것과 이해하지 못한다는 것의 차이는 부자와 가난한 자의 그것처럼 너무나 결정적이었기 때문에 그 순간 나는 감히 M에게 그것에 대해서 질문할 엄두를 내지도 못했다. 『책 읽어주는 사람』은 나에게 그런 시절을 생각나게 했다. 내가 만나서 책에 대해서 이야기해본 사람들은 적어도 이곳에서는 모두 이 『책 읽어주는 사람』을 읽은 사람들이었으므로 M도 이 책을 갖고 있었을 수도 있고, 어쩌면 당시 나는 다른 여러 권의 책들과 함께 이미 이 『책 읽어주는 사람』의 한 부분도 M에게 소리내어 읽어주었을지도 모르는 일이었다. 물론 나는 전혀 기억해낼 수 없다. 내가 한 페이지 정도를 소리내서 다 읽고 나면 그다음에 M은 그중 하나의 단어나 문장을 선택해서 그것에 대해서 길고 길게 설명을 해주곤 했다. 예를 들자면 다음과 같다. "황량하다, 라는 단어의 뜻을 알고 있어? 모른다고? 그것은 말이야, 눈에 보이는 특별한 것이 없다, 라고 말할 수도 있지만 그것은 아주 무책임하고 형식적인 설명일 뿐이야. 눈에 보이는 것과 상관없이 황량할 수도 있어. 좀 다른 거야. 예를 들자면 마치 사막처럼 모두 같은 색으로 보인다든지, 건물은 많으나 살아 있는 것은 전갈 말고는 아무것도 보이지 않는다든지, 모두 떠나가버렸다든지, 어디에도 우물이 없다든지, 기차역

102

이 너무 멀다든지 말이지. 지루하다거나 무미건조하다는 것과는 좀 다르게 생각될 수 있어. 그런데 그는 왜 황량하다, 라고 했을까. 삭막하다, 라거나 공허하다, 라는 단어 대신에 말이지. 그 단어들을 모두 넣어서 아무 문장이나 만들어 이야기해주겠어? 그리고 풍경을 묘사하는 다른 단어들 중에 생각나는 다른 것이 있으면 아무거나 예를 들고 그것과 비교하면서 설명해줄 수 있겠어?" 나는 M의 말에 아무 대답도 하지 못했다. 이제 간신히 독일어 ABCD 문법 교본을 반 정도만 마스터했을 뿐인 나에게 M의 첫 수업은 잔인하다고 해도 좋을 정도로 동떨어진 것이었다. 나는 얼굴이 붉어진 채로 M의 질문에 대해서 생각하는 대신에 당장 좀더 친절하고 외국인을 배려하는 다른 독일어 교사를 구해달라고 요아힘에게 부탁해야겠다고 결심하고 있었다. 그러나 나는 결국 그러지 않았다.

나는 어느 한 문장을 읽고 그리고 다음 페이지로 넘어가기를 주저한 채 다시 그 문장을 반복해서 읽었다. M도 그랬을 것이다. 그래서 나에게 간혹 "지금 방금 지나간 문장, 다시 한번 더 반복해서 그 문장을 읽어주겠어?" 하고 부탁했을 것이다. 그리고 M은 혼자서 삼키듯이 그것을 듣고 그것을 숨쉬었을 것이다. 그러나 나는 그때 아무것도 이해하지 못했다. 내가 문득 현실로 돌아왔을 때는, 겨우 서너 페이지를 읽었을 뿐인데 아주 많은 시간이 흘러간 것처럼 느껴졌고, 실제로도 그랬다. 전차가 멈추고 서 있는 시간이 유난히 길다고 느끼고 눈을 든 순간, 전차 안에 승객이라고는 나 하나뿐이었다. 전차가 오래 멈추어 있는 것이 신호등 때문이거나아니면 교대 운전사를 기다리기 때문이라고 막연하게 생각하고 계속해서 책을 읽고 있었던 것이다. 전차 안은 불이 밝혀진 채였으나 창밖으로 보이는 것은 불빛 하나 없는 어둠이었다. 그리고 전차의 유리창을 따라 빗물이 흘러내리고 있었다. 나는 중얼거리면서 책을 읽다가 방송을 듣지 못하고 내려야 할 정류장을 지나친 것이고 종점까지 와버린 것이었다. 전차의 종점은 시의 외곽으로, 아렌스펠데라고 불리는 곳이었다. 나는 이곳에 와본 적이 한 번도 없었다. 전차의 문을 열고 밖으로 나오자 어둠 사이로 나지막한 구릉들의 윤곽이 보였다. 거리의 가로등 말고는 어떤 건물이나 불빛도 보이지않았다. 전차는 비에 젖은 선로 중간에 멈추어 있었다. 운전사는 집으로 떠나버리고 운전석은 비어 있었다. 버스 정류장도 없었고 걸어가는 사람도 없었고 상점이나 전화 부스도 보이지 않았다. 아무것도 보이지 않았기 때문에, 나는 늑대가나오는 들판 한가운데에 서 있다고 생각될 정도였다. 게다가얼음같이 차가운 비가 조금씩 내리고 있었다. 나는 시간을 알 수 없었다. 단지 막연히 자정까지는 아직 좀더 시간이 남아 있을 거라고 짐작할 뿐이었다. 비를 맞으면서 선로 근처를 잠시 서성이다가 전차가 달려왔던 방향으로 거슬러올라가기로 했다. 어쨌든, 정류장은 있을 테니 말이다. 단지 인적 없음과 침묵과 추위와 어둠을 황량하다고 말할 수 있다면, 지금 이곳은 황량하다. 상투적으로 사막이나 불모지를 묘사할 때 사용할 뿐만 아니라 아무도 살지 않는, 아무것도 지어지지 않은, 고독한, 공허한, 모두 떠나가버린, 버려진, 잘못 내린 정거장, 그러한 어떤 것. 그러나 정직하게 말한다면, 나에게 황량하다는 것은 공허하다, 고독하다, 버려졌다, 비어 있다, 는 비슷한 의미들과 정확히는 잘 구별되지 않았다. 나는 단지 그런 식으로 대충 기억할 뿐이었다. M이 나에게 가르쳐주려고 한 것은 단어가 아니라 그 단어의 절대 보편적인 개념, 이 세상의 수없이 많은 자국어로 다르게 불리는 정수의 개념, 그런 것이었다. 그것은 국적이 없으며, 나라를 만들지 않고 핵심에 가까운 만큼 분화되어 있지 않고 단어 하나하나의 의미가 지극히 포괄적이기 때문에 경우에 따라 다양하게 해석되며 그리하여 방대한 표현을 사용하는 대신에 간단한 몇 가지로 만족하므로 표면적으로는 상당히 미개해 보일 수 있으므로 M은 그것을 '야만인의 언어'라고 불렀다. 언어를 알게 된다는 것은 결국은 자국어의 경계를 넘어서서 사고하는 일이며(외국어를 배운다는 의미에서가 아니라), 성장한다는 것은 단지 언어를 통해서만이 가능하며 그것은 단지 언어만이 사고(소통이 아니라)의 명확한 도구이기 때문이라는 것이다. 그러나 M의 생각은 환영이었다. M은 자국어가 단지 의지만 있으면 얼마든지 넘어설 수 있는 경계에 지나지 않는 것이 아니라, 설사 외국어에 능통하다 하더라도 역시 의식의 감옥이라는 것을 말하지 않았으나, 나는 알고 있었다. 그리하여 마침내는, 내가 M과 서로 다른 자국어를 가지고 있다는 것이 견딜 수 없을 정도로 고통스러워졌다.

선로를 따라 얼마간 걸었을 때 나는 역시 선로 중간에 불을 밝힌 채 멈추어 선 또다른 빈 전차를 발견할 수 있었다. 그 전차는 첫번째 칸의 문이 열려 있고 철도 회사의 제복을 입은 여자 운전사가 문에 기대어 선 채 책을 읽고 있었다. 나는 다가가서 어디서 다시 돌아가는 전차를 탈 수 있는지 물었고 여자 운전사는 길 건너편을 가리켰다. 그곳에는 미처 내가 발견하지 못한 정류장과 플랫폼이 비에 젖고 있었다. 정류장과 플랫폼은 마치 그 자체의 황량함을 감추기 위해서 밤의 들판이 갑자기 만들어낸 빛나는 벌레들로 이루어진 환영처럼 반짝이고 있었다. 그리고 플랫폼의 시계는 열한시 사십

오분을 가리키고 있었다. 여자 운전사의 말로는 이곳에서 한 오 분 정도만 기다리면 종점에서 다시 반대로 돌아가는 전차가 도착할 것이라고 했다. 마침 그날은 토요일이었고 밤새 전차가 다니는 날이었다. 나는 젖은 플랫폼에서 기다렸고 역시 오래 지나지 않아 전차가 다가왔다. 그 전차는 내가 홀로 타고 있다가 떠나온 바로 그 전차였다. 마지막 선로에서 운전사가 교대를 한 다음 방향을 바꾸어서 계속해서 운행하는 것이다. 책을 읽고 있던 여자 운전사는 시간보다 이르게 도착해서 출발 시간을 기다리고 있는 듯했다. 내가 탄 전차가 플랫폼을 출발할 때까지 그녀는 불을 밝힌 채 들판 한가운데에 서 있는 텅 빈 전차의 문에 기대서 계속 책을 읽고 있었다. 플랫폼에서 전차를 타는 사람은 아무도 없었다. 나는 내가 책을 읽던 그 자리로 가서 다시 앉았다.

『사람들이 모여 함께 살기』는 라이프치히 출신의 한 젊은 작가가 자신의 미국 생활의 경험을 쓴 것이다. 그 작가의 아버지 또한 구동독의 극작가이자 소설가인 크리스토프 하인이었는데, 나는 그의 이름을 이전에 들은 기억이 났다. 내가 그 책을 고른 것은 글자가 크고 선명하게 인쇄되어 있고 독일어를 빨리 읽지 못하는 내가 지루하지 않게 간간이 사진이 실려 있었던데다가(내가 그런 것을 상당히 싫어함에도 불구하고) 동독 출신 젊은 작가의 글에 관심이 갔기 때문이지 작가 자신처럼 미국이나 뉴욕에 호기심이 있어서는 결코 아니었다. 그것은 심각하게 받아들일 필요가 없는 책이었으나 그것을 읽으면서 때로 나는 좋지 않은 의미로 지나치게 심각해지곤 했기 때문에 간혹 수긍하기 어려운 모습을 만나곤 했다. 작가는 열두 살 때부터 브레이크댄스와 택시를 탄 멋지고 화끈한 여자들, 그리고 거리에서의 총격전으로 상징되는 뉴욕에 대한 한없는 동경을 품고 자란다. 그러나 당시 동독인이 외국을 여행할 자유를 얻기 위해서는 최소한 연금생활자의 나이에 이르러야만 했는데 그게 육십오 세였던 것이다. 그래도 그는 그 꿈을 놓지 않는다. 그런데 마침 운이 좋게도 장벽이 무너지고 그는 열여덟 살 때 학교를 졸업하자마자 미국으로 떠날 수 있게 되는 것이다. 나는 그 책을 펼쳐서 중간중간을 읽곤 했기 때문에, 그리고 읽은 페이지를 따로 표시해놓지도 않았기 때문에, 이미 읽은 부분을 반복해서 읽게 되는 경우도 많았다. 그러므로 내가 그 책을 다 읽었는지, 읽지 못하고 남겨둔 부분이 있는지 그것은 끝내 모르고 말았다. 브레이크댄스와 뉴욕 운운하는 시작은, 처음으로 만나게 되는 동독 출신의 젊은 작가의 글치고는 솔직히 너무나 실망스러운 것이었으나 책을 놓아버리지는 않았다. 그는 분명히 속도와 신랄한 경쾌함을 가지고 있었고 그것을 마음껏 과시하고 있었고, 혹은 최소한 그것을 가장하고 있었을 수도 있었다. 그는 아무렇지도 않은 척하면서 우라지게 기분 좋은, 따위의 표현을 일부러 써놓았다. 그것은 그가 처음으로 미국으로 떠나던 열여덟 살 때의 느낌을 재현하고 의도적으로 그런 식으로 써나갔다고 볼 수도 있었다. 어쨌든 그 책은 내가 읽은 책들 중에서 적어도 내 기억 한도에서는 밀란 쿤데라 정도를 제외한다면 가장 위트가 넘치는 책임에는 분명했다. 내가 그 책을 사던 날 서점에서 인터넷으로 살펴본 바에 의하면 그의 문장을 '전혀 꾸밈이 없고 신들린 듯하면서도 무자비한 위트'라고 표현한 평이 있었는데, 과장이라고는 생각되지 않았다. 그러나 동시에 그의 문장은 단지 신랄함을 넘어서, 무섭게 이빨로 씹어댈 그 무엇을 끊임없이 찾고 있는 동작 빠른 설치류처럼 보이기도 했다. 또한 그는 자신의 냉소가 넘치는 표현의 효과를 잘 알고 있으며 그것을 즐기는 것처럼 보였다. 그는 전적으로 비감상적이었고 자신이 미국을 돌아다니면서 본 것들에 대해서 설명함에 있어서는 희미하게라도 사색적이거나 혹은 개인 단위를 일 센티미터라도 넘어서는 거시적 시선을 인식하려는 흔적은 조금도 없고 도리어 비싼 장난감을 처음으로 가지게 되어 호기심이라는 탐욕에 가득찬 가난한 어린아이처럼 결코 템포를 늦추지 않은 채 그 냉소의 개별 대상들을 사냥하기에 혈안이 되어 있었으므로(아마도 단지 그가 동독 출신이라는 이유 때문에 그의 글이 이미 진부해진 '동독 멜랑콜리'의 일종으로 쉽게 치부되는 것을 극도로 경계한 듯이 보였다), 나는 처음에는 이것이 오직 미국의 이 도시 저 도시에 흩어져 사는 그렇고 그런 밑바닥 서민들의 생활을 여행자의 눈으로 관찰하고 나열식으로 보여주는 데 그친다고 성급하게 느꼈으며, 그리고 그것 자체는 이미 대도시의 어디에서나 익숙한 풍경이므로 신기하거나 독특할 것도 없으므로 굳이 책으로 쓸 필요가 있을까 미리 필요 없는 걱정을 하기도 했는데, 최종적으로는 그 생각이 옳았다. 그는 대개 가난하고 도덕적으로도 혼란스러운 사람들과 접촉했으며 그들을 날카롭게 풍자하고 혓바닥으로 다져대느라 그 책 내내 몹시 바쁜 듯이 보였는데, 어떻게 생각하면 그의 문장에 비해서 글의 무게와 내용은 황당할 정도로 단층적이고 무의미했으며, 그 무의미함 때문에 그를 단지 흔해빠진 가벼운 글재주를 가진 경박한 욕구에 휩싸인 한 사람의 젊은이로 느낄 수 있을 뿐이었다. 책을 계속해서 읽어나가면서 작가 자신에 대한 초기의 그런 견해는 많이 완화되었으나 근본적으로 바뀌기에는 좀 미심쩍었다. 그러나 나중에 생각이 들었는데 그가 좀더 근사하게 심각한 척하는 포즈를 취했더라면, 정말로 나와 같은 독자들이 은연중에 그리고 무의식중에 그에게서 미리 예견하거나 바라게 되는 젊은 '동독 멜랑콜리'답게 행동했다면 내 생각이 달라졌을까? 책 페이지마다 컬러로 들어간 팝아트풍의 사진하며 이른 나이에 너무 많은 칭찬에 익숙해진 자의 자신만만하게 만사를 비꼬는 듯한 말투들을 생각한다면 다른 견해란 이미 불가능할지도 모른다. 아마 내가 『책 읽어주는 사람』을 읽은 바로 다음에 그 책을 읽게 되어서 그 가장되었을지도 모르는 가벼움이 더 나쁘게 보였을 가능성도 있다. 그 책의 작가 야콥 하인은 단지, 미국으로 떠났을 때 열여덟 살의 젊은이였을 뿐이고 그 느낌에 충실했던 것이다. 철저하게 성인이 된 이후의 회상으로 소년시절의 사랑을 묘사한 『책 읽어주는 사람』과 그런 점에서 차이가 있는 것이다. 그러나 나는 어느 순간에 그의 데뷔작인 『나의 첫번째 티셔츠』가 읽고 싶어졌다. 시간이 흐를수록 그 생각은 강해졌는데, 그의 건방짐에는 사람을 뒤돌아보게 만드는 무엇인가가 분명히 존재했다. 그러나 나는 아직 그것이 무엇인지 모른다. 만일 나에게 그곳을 떠나기 전에 다시 한번 더 서점으로 갈 수 있는 여유가 있었다면 그의 데뷔작을 구해서 읽었을 것이다. 유감스럽게도 그러지는 못했으나 혹시 그것을 읽을 기회가 생긴다면 나는 이미 충분히 지겨워진 테마인 '동독 유겐트의 일상' 앞에서, 첫 장을 펼치기도 전에 베어물듯이 신랄해질 모든 준비를 완료한, 독자이기 이전에 선입견을 가진 비판적 평자의 태도를 버릴 용의가 있으며, 또 기꺼이 그렇게 할 수 있을 것 같았다.

그 기간 동안 산책은 나에게 무척 중요한 것이 되었다. 나는 전화도 없었고 인터넷 카페에도 가지 않았다. 시간이 흘러가는 데 어떤 지표가 있었다면, 그것은 베니와 함께하는 하루 세 번씩의 산책뿐이었다. 처음에는 단지 베니를 위한 것이었으나 그것은 점차 나에게도 중요한 것이 되어갔다. 아침 일곱시 반과 오후 두시에서 세시 사이, 그리고 저녁시간은 정확하지 않았으나 대개 아홉시 근처였다. 일주일에 두 번 정도 아침식사 메뉴를 먹기 위해 카페에 가는 날은 아침 산책과 오후 산책 사이에 한번 더 카페로 가는 산책을 하기도 했다. 아침 일곱시 반은, 겨울이 한창인 이때, 폴란드 방향의 하늘에서 동이 막 터오기 시작할 뿐 지상에는 어둠이 가시지 않은 순간이었다. 아침에 눈을 뜨면 너무 추웠기 때문에 처음에는 그 시간에 침대에서 나가야 한다는 것이 무척 싫었다. 게다가 창밖은 아직도 어둠인 것이다. 그러나 베니가 기다리고 있었다. 요아힘은 일하러 가거나 학교에 가기 때문에 언제나 아침 여섯시 반 이전에 베니를 산책시켰다. 그러므로 베니는 그 시간에 용변을 보는 것에 익숙할 테니 시간을 너무 늦출 수는 없었다. 그러나 일단 밖으로 나와 공원의 잎이 떨어져버린 자작나무숲 사이로 해가 뜨는 것을 보면서 길을 걸으면, 싫다는 생각은 금방 사라지고 만다. 아침 산책은 십 분이나 십오 분 정도로 대개 짧게 끝났다. 그러나 점심을 먹은 이후의 오후 산책은 눈이나 비가 오지 않는 날에는 좀더 길게 이어졌다. 날이 좀 따뜻해진 이후에는 음악을 들으면서 걷기도 했다. 나는 음반을 한 개밖에 가지고 있지 않았기 때문에 언제나 그것을 반복해서 들었다. 아주 드물게 햇빛이 잠깐이라도 비치는 날이면 난생처음으로 선물을 받은 것처럼 기쁨이 생겼다. 오후 산책 때는 베니도 피곤해하지 않고 먼길도 잘 걸었다. 삼 년 전에 나는 도시의 자세한 지도를 가지고 있었다. 우체국이나 세관건물이나 동물원 등 주소만 가지고 찾아가야 할 경우에 나는 그 지도의 도움을 많이 받았다. 그러나 그것은 어디에서 잃어버렸는지 알 수 없게 사라져버렸다. 그 지도가 있다면 나는 거리와 골목을 자세히 살펴보면서 산책을 할 만한 성이나 교회, 작은 공원이나 개 묘지 등을 찾아낼 수 있었을 것이다. 책을 사러 시내에 나갔을 때 지도를 샀다면 좋았을 것이다. 그러나 나는 그러지 않았다. 나는 반드시 필요한 산책 정도 말고는 외출하지 않을 생각이었고 지도가 있으면 낯선 거리에 대한 호기심이 생길지도 모른다고 생각했기 때문이었다. 자주 나는 악몽을 꾸었는데, 그것은 거의 우연히 아는 사람을 만나는 장면으로 시작되었다. 나는 카페나 극장이나 오락장이나 전차 안에 있다. 어디나 사람들로 가득한 곳이다. 그런데 누가 나에게 다가와서 말을 건다. 오랜만이군. 지금 어떻게 지내지? 전화번호를 알려주었으면 해. 다음주에 파티가 있는데 오지 않겠어? 지금 어디서 살고 있지? 그리고 마지막에 그들은 반드시 묻는다. M은 어떻게 지내? 만난 지가 무척 오래된걸. 그들이 누군지는 꿈속에서 정확하지 않다. 그들이 내가 알던 사람들이었는지 그 점도 모호하다. 그다음은 불쾌함과 공포에 질린 채 눈을 뜨게 된다. 누구도 나를 해치지 않았고 강요하거나 협박하지도 않았다. 그들은 그냥 길을 걷다가 자연스럽게 나를 발견하고, 자연스럽게 다가와 자연스럽게 말을 건넨 다음, 자연스럽게 사라져갔다. 그들이 서로를 대하는 방식과 조금도 다르지 않게, 그렇게 말이다. 그리고 그들은 내 대답 따위는 그다지 중요하게 생각하지도 않은 채 그렇게 멀어져간다. 꿈속에서도 나는 이것을 분명히 알고 있었다. 그럼에도 불구하고 나는 그것이 꿈이었음을 다행이라 생각하고 안도했다.

　내가 얼마 되지 않는 돈을 절약하려고 애쓴 이유는 음악 때문이었다. 책을 읽는 것 말고 유일한 즐거움이 있었다면 그것은 음악이었다. 가능하다면 음반을 몇 장 더 사고 싶었기 때문이었다. 요아힘은 오디오를 가지고 있지 않았고 부엌에서 주로 듣는 라디오뿐이었으나 나를 위해서 대학의 친구에게서 컴퓨터용 스피커를 빌려다놓았다. 나는 그것에다가 휴대용 CD플레이어를 연결해서 음악을 들었다. 음반은 비쌌기 때문에 나는 프리드리히 거리에 있는 상점에 나가 시험 데스크에서 듣는 편을 좋아했다. 그러나 시험 데스크는 언제나 사람들로 만원인데다가 기다리는 사람들도 있으므로 오래 듣기에는 불편했다. 게다가 언제나 서서 들어야 하는 것이다. 물론 조금 불편한 것을 감수하면 이층으로 올라가 서비스 센터에서 줄을 서서 기다린 다음 신분증을 맡기고 고객용 CD플레이어를 빌린 다음 그것을 다시 지하의 클래식 음악 코너로 가지고 와서 의자에 앉아서 들을 수는 있다. 음반을 사기 위해서 돈을 절약하면서 나는 내가 가지고 있는 킴 카슈카시안이 연주한 쇼스타코비치의 〈피아노와 비올라를 위한 소나타〉 음반을 수십 수백 번 반복해서 들었다. 그래서 내가 기억하는 그해 마지막 눈보라가 치는 밤에도, 묘지로 가는 길이 눈에 완전히 덮여버려 분간할 수 없게 되어버리고 요아힘의 자전거가 눈에 덮여 보이지 않고 담장 전등의 불빛이 표정을 잃은 채 냉랭하게 부엌 창으로 스며들어올 때 『사람들과 모여 함께 살기』를 부엌 탁자 위에 펼쳐놓고 두 개의 털양말을 겹쳐 신은 발을 의자 위에 올리고 쇼스타코비치의 마지막 소나타를 듣게 되었다. 나는 라이프치히 출신의 야콥 하인이 되어 번잡스럽고 다양한 뉴욕의 거리를 언어 소통에 불편을 겪으면서—그는 동독에서 스스로 생각하기에 뛰어난 영어 실력을 준비했으나 뉴욕에서 그가 비교적 말을 잘 이해할 수 있었던 최초의 사람은 그곳에 산 지 두 달밖에 안 된 한국인 택시 운전사였다고 했다—'사람들과 모여 함께' 매우 어리둥절해하면서 서성이고 있었다. 나는 낯선 곳을 원하지 않았기 때문에, 그럼에도 불구하고 책의 내용이 나에게 그다지 낯설지 않았기 때문에—뉴욕에서는 무슨 일이 일어난다고 해도 이제 더이상 사람들은 아무도 놀라지 않을 것이며 낯설게 여기지도 않을 것이다—간결하고 경쾌한 짧은 글들임에도 불구하고 나는 지루했다. 한 문장을 읽은 다음에 창밖을 바라보고 음악을 듣다가 턱을 괴고 식은 커피를 버리

고 다시 커피를 만들고 새로운 것이 없는 냉장고 안을 살펴
보고 다시 한 문장을 읽은 다음에 창밖의 눈을 바라보았다.
그러다가 마침내 3악장이 시작된다.

6

내가 세번째 독일어 교사로 만난 사람은 에리히였다. 그는 나의 마지막 독일어 교사였던 셈이다. M과의 독일어 수업은 한 달 만에 끝이 났다. 독일어 수업 기간의 마지막 순간에 우리는 함께 살았으며 더이상 독일어 교사와 학생이 아니었다. 우리는 자주 대화를 나누었으나 그것은 수업이 아니었다. 나에게는 다른 독일어 교사가 필요하다는 데 우리는 의견을 같이했다. M은 교사가 되기에는 이미 나와 너무 가까웠던 것이다. 그리고 M의 수업 방식은 내가 따라가기가 몹시 벅찼으며 문법학교에서 어린아이를 가르치듯이 하는 방식은 M이 거부했다. M에게 모든 언어는 궁극적으로 문학일 뿐이며, 가장 궁극적인 것, 즉 문학에서 시작해서 문법으로 내려가야 한다고 믿는 편이었다. 이 믿음은 너무나 굳건해서 이견이 있을 수 없는 경우였다. M이 권한 언어학 책을 읽기를 거부한 나에게 M은 마음이 상했다. 그러나 나는 여전히 분리동사나 재귀동사의 정확한 사용법을 모르는 채 허둥대고 있었다. 내 실용적인 독일어가 하나도 늘지 않은 것을 눈치챈 요아힘은 M에게 수업료를 돌려받아야 한다고 주장하기도 했다. 요아힘은 내가 대화의 중간중간에 얼토당토않게도, 단순히 말하다 혹은 표현하다, 라고 해야 할 부분에서 '상태의 견고한 묘사' 또는 '그 서술의 확립'이라는 뜻을 가진 술어를 사용하거나, 혹은 '단어의 잡종'이라는 말을 적절하지 못하게 사용하며 또한 황당하게도 아무도 사용하지 않는 '중세의 방랑학생'이나 '유아론' 따위의 말을 설명해달라고 요구하면서도 먹을 것을 사러 슈퍼마켓에 갔을 때는 아직 설탕이나 밀가루, 과자 등의 단어도 모르고 있는 것을 이해하지 못했다. 요아힘의 주장대로라면 우선 길거리에서 흔히 듣는 말인 '못돼 빠진'이나 '실쭉거리는' 혹은 '계집년' 따위의 단어를 모른다면 말을 제대로 배웠다고 할 수 없다는 것이었다. 비록 M은 코웃음쳤으나, 나는 내가 기초적인 문법 훈련에 바탕을 둔 반복적인 언어 학습을 더 필요로 한다는 것을 알았다. M은 내 요구를 무시하면서, 자신도 그런 식으로 해서 불어를 마스터

했다고 주장하면서, 나에게 당장 시험에 붙지 않으면 돌아가야 하는 중국인 유학생처럼 촌스럽게 굴지 말라고 했다. 그러나 마지막에는 어쩔 수 없이, M 자신이 알고 있는 '기술적인 영어와 독일어 교사'를 소개시켜주었다. 그가 에리히였다.

값이 더 싼 사설학원을 다니거나 아니면 혼자 할 수도 있었는데, 왜 나는 그렇게 하지 않았을까? 결국 M이 권하는 대로 일주일에 두 번, 에리히에게 갔다. 교실에서 일어나는 수업은 그것이 설사 아주 훌륭하고 효과적이라고 해도 나를 훈련시키기 힘들었다. 나는 그 이유를 잘 알고 있었다. 나는 오랜 기간 동안 학교를 다녔으나 한 번도, 말 그대로 단 한 시간도 교사의 강의에 집중해본 적이 없었던 그런 학생이었다. 십육 년 동안 학교를 다녔으나 나는 교실에서 배운 것이 아무것도 없었다. 학교에 입학하기 전, 내 부모는 집에서 나에게 계산과 한글을 가르쳤다. 혹은 대개의 어린아이들이 모국어를 배우기 시작할 무렵에는 누구나 천재가 되듯이, 특별한 지도 없이 스스로 읽게 되었을지도 모른다. 어쩌면 당연하다고 생각되는 이런 행동이 모든 것의 시작이었다. 나는 책을 읽을 수 있게 되었고, 학교나 친구들에 의한 것보다 더 먼저 책이 주는 기쁨을 알게 되었다. 그래서 학교에 입학한 다음, 이미 다 알고 있는 글자를 반복해서 배우는 엄격하기만 한 스파르타식 수업에 흥미를 가질 수 없었다. 수업시간에 나는 교사 몰래 교과서 아닌 다른 책을 읽게 되었다. 일단 그런 식으로 몇 년간 지속되고 나니 더이상은 수업시간에 집중하려 해도 그것이 불가능해졌다. 아무리 흥미 있는 강의도 더이상 내 귀에는 들리지 않았다. 이미 학교의 진도는 내가 본래 아는 영역을 훨씬 넘어서서 수업을 듣지 않으면 전혀 알 수 없는 부분을 배우고 있었으나, 학교에 온 첫날부터 수업을 들을 수 없었던 나는 이제 그 내용을 단순히 알고 있기 때문에 수업을 듣지 않는, 그런 단계를 넘어서버렸다. 학교에 다니기 시작한 지 이 년도 채 되지 않아서 학교는 단지 내가 견뎌야 할 지루하고 긴 복종의 시간 이상은 아무것도 아닌 것이 되어버렸다. 나는 그런 수업시간을 견디어내기 위해서 끊임없이 책을 필요로 하게 되었다. 내가 가지고 있는 책은 물론 내가 구할 수 있는 책들에도 한계가 있었으므로 같은 책을 열 번 이상 읽는 것은 보통이었다. 내가 수업을 듣지 않는 것을 처음에는 아무도 눈치채지 못했다. 숙제도 빼먹지 않았고 시험 성적이 대개 중간 이상을 유지했기 때문이었다. 그러나 그것은 내가 집에서 그날 배운 것을 한번 더 공부했기 때문에 가능한 일이었다. 수업의 진도가 나가고 점점 더 복잡한 이론을 배울수록 그런 성과는 한계가 있었다. 어느 날부턴가 나는 아무리 혼자서 들여다보아도 전혀 이해할 수 없는 방정식들을 만나게 되었고, 시험 기간이 되면 읽어야 할 것들이 수십 페이지나 되는데다가 수업시간에 듣지 않았기 때문에, 그것들은 나에게 너무 생소한 단어들이어서 학교에서 해방되는 시간 동안에 한꺼번에 소화하기에는 불가능한 분량이 되어 있었다. 학교의 하루하루는 흘러가는 것이 아니라 말 그대로 내 위에 와서 쌓이며 나를 억누르고 있었다. 시간이 지날수록 나는 우울한 학생으로 변해갔다. 학교에서의 수업시간은 점점 길어졌고 나는 하루의 대부분을 차지하는 그 긴 시간 동안 불안과 권태로움과 싸우며 교과서를 읽는 척하면서 고개를 깊이 숙이고 앉아 용돈을 모아 샀거나 학교 도서관에서 빌려온 소설책을 읽으면서 보냈다. 루이제 린저나 『제인 에어』나 『빨간 머리 앤』 시리즈처럼 여학생들은 누구나 읽던 로맨틱한 유의 소설들을 모두 수십 번씩 읽은 다음 도스토옙스키와 톨스토이를 읽었다. 토마스 만이나 하인리히 뵐, 헤밍웨이나 사르트르, 카프카, 카뮈까지 이어졌으나 그 시절 내가 읽은 것들은 진정 내가 읽은 것이 아니라 단지 내 불안이 읽은 것에 불과했다. 또한 그 도서목록도 내가 스스로 선택했다기보다는 주로 도서관에서 구할 수 있는, 낡은 판본의 전집류인 것들이었다. 내가 읽고 있는 것이

깨알같이 작은 글자의 마르셀 프루스트이건 싸구려 연애소설이건 만화책이건, 전혀 이해하지 못하고 읽었던 『심판』이건 『채털리 부인의 사랑』이건 나에게는 큰 차이가 없었을 것이다. 나는 언제나, 언제나 간절히 수업이 끝나기를 기다리고 있었을 뿐이었다. 수업을 전혀 들을 수 없으며, 설사 교사의 목소리를 듣는다 할지라도 그것은 무의미한 소음에 지나지 않아서 조금도 이해되지 않았고 이해할 것이라는 기대도 버렸다. 학교는 점점 나에게 가장 견딜 수 없는 무엇이 되어갔다. 단순히 수업을 들을 수 없었던 것은 점점 확대되어서 체육 시간에는 몸이 불편하다며 운동장으로 나가지 않았고 미술 시간에는 준비물을 가지고 오지 않았다는 핑계로 미술실로 가지 않았다. 합창 시간에는 노래를 부르는 것처럼 입을 벌리고 있었으나 노래를 부르지 않았다. 나는 친구도 사귈 수 없었고 학교 안의 어느 것도 진정으로 좋아하거나 집중할 수 없게 되었다. 어느 날 한 교사가 수업중에 나에게로 다가와서 책을 읽느라고 고개를 숙이고 있는 내 어깨를 막대기로 두 번 내리친 다음 교과서 아래에 있던 책을 가져갔다. 그리고 그녀는 수많은 아이들 앞에서 내 시험 점수를 공개했으며, 그것은 당시 가장 큰 벌이었다. 자신이 열심히 강의하고 있는 도중에 건방지게도 성적도 좋지 않은 내가 그것을 듣지 않고 책을 읽은 것에 대해서 설명할 것을 명령했다. 당시 내가 읽고 있던 것은, 제목은 잘 기억나지 않는 그저 그런 추리소설이었다. 내가 아무런 대답을 하지 않자 그녀는 직접 그 책의 한 페이지를 펼쳐서 교실 한가운데서 큰 소리로 읽었는데, 삼류 탐정과 선술집의 여주인이 그렇고 그런 수작을 주고받는 장면이었다. 아마도 성적인 것에 대한 암시가 곁들여진 대목이었던 것으로 기억된다. 그것은 사춘기 여학생들의 예민한 수치심과 도덕심을 자극하기에 충분한 것이었다. 그 대사의 천박함에 아이들은 모두 웃음을 터뜨렸다. 그녀도 물론 웃었다. 이따위 것이나 읽다니! 하고 그녀는 입술을 씰룩거리며 경멸감을 표시했다. 시험 점수는 잘해야 70점이 고작이면서 말이지. 이따위 미성년자가 읽기에 적절하지 않은 내용의 책은 내가 압수해야겠어. 그리고 너, 앞으로 두고보겠어. 내 수업시간에 태도를 조심해야 할 거야. 내가 다른 선생님들에게도 말하겠어. 네가 수업시간에 천박한 책이나 읽고 있다고 말이야. 그러니까 모두 다 너를 주의해서 관찰해야 한다고 말이야. 나는 만만한 사람이 아니야!(이것은 그녀가 수업시간에 즐겨 사용하는 협박 가운데 하나였다.) 당연한 일이지만 당시 아무도 나에게 계속해서 학교에 다니고 싶은지 어떤지 그것을 물어온 사람은 없었다. 책을 뺏기고 비웃음을 당했으나 나는 여전히 수업시간에 다른 것들을 읽었으며 대학을 졸업하는 그날까지 수업을 전혀 듣지 못했다. 듣지 못했고 이해하지도 못했다. 친구라고 부를 만한 사람도 한 명도 없었다. 대학을 졸업한 이후, 나는 그들, 학창시절의 동료들을 다시 만난 적이 한 번도 없다. 나는 지금까지도 이해하지 못한다. 책을 읽으면 모두 알 수 있는 것들을 배우기 위해서 왜 학교에 가야 하는가. 학교에서 배운 것은 단지 집단에 대한 복종의 태도, 그것이 전부였다. 물론 나 이외에도 여러 아이들은 이미 글자를 깨우친 상태에서 학교에 입학했다. 그들이 어떻게 긴 학교생활을 제대로 유지했는지 알 수는 없다. 그러므로 만일 내가 어떤 다른 사람에 의해서 독일어를 배우기를 원했다면 그것은 단연코 학교의 형태가 아닌 다른 것이라야만 했다. 물론 혼자 하는 것이 가장 적당했겠지만 내가 개인교습을 선택한 것은 독일어는 나에게 너무나 생소한 외국어였으므로 처음 얼마간은 교사가 있는 편이 좋지 않을까 하는 생각 때문이었다. 만일 학교에 대한 악몽이 그토록 크지 않았더라면 나는 사설학원으로 갔을 것이다. 사설학원은 학교와 달라서 마음이 내키지 않으면 얼마든지 그만둘 수 있으므로 구속감이 덜했을 것이다.

에리히는 내 악몽 속에 자주 나타났다. 그는 키가 크고, 카프탄을 연상시키는 발목까지 닿는 갈색의 긴 코트를 입고, 커다란 모자를 쓰고 얼굴을 가리고 있다. 내가 그에게 독일어 수업을 받던 당시 그는 그런 이상한 모습을 하고 다닌 적이 한 번도 없지만 신기하게도 나는 그가 에리히임을 곧 알아차린다. 그는 신문을 읽고 있다가 나를 발견하고 내가 앉아 있는 탁자 가까이로 다가온다. 우리는 사람들로 가득한 주말의 시내 카페, 혹은 국립도서관의 흡연실에 앉아 있다.

"오랜만이야. 그동안 잘 지냈어?"

다른 모든 사람들과 마찬가지로 그는 이렇게 시작한다.

"다음주에 생일파티를 할 예정인데 오지 않겠어? 지난번에는 M과 함께 왔었잖아."

그러면서 그는 주머니에서 볼펜을 꺼내 탁자 위에 있는 카페의 메모지 위에 주소를 쓰기 시작한다. 그리고 그것을 나에게 내민다. 나는, 물론 꿈속이므로 꼼짝도 할 수 없고 시선을 돌릴 수도 없이 그를 향해서 앉아 있다.

"그런데 M은 어떻게 지내? 오랫동안 만나지 못했어. 너와 같이 지내는 거야? 아니면 이제 더이상 만나지 않는 건가?"

그러면서, 대답을 기다리지도 않고 그는 휙 소리가 날 정도로 빠르게 몸을 돌리고 순식간에 사라지고 만다. 그동안 나는 어떠한 움직임도 없고 어떤 말도 하지 않으며 단지 그

126

를 보기만 하면서 앉아 있는 것이다. 마치 자리에 묶인 것과 같이 눈길을 돌릴 수도 없다. 그것은 얼마나 커다란 고통인지. 그의 금발에 가까운 창백한 옅은 빛의 머리카락, 보수적인 모양의 귀걸이, 표정을 잘 드러내지 않는 작고 진한 회색 눈동자, 조금 근엄하게 보이기도 하는 입가의 주름, 가까이서 보면 거의 투명한 색에 가까운 섬세한 털로 잔뜩 덮인 얼굴과 목의 피부, 그리고 유난히 목이 떨리는 R 발음까지 나는 꿈속에서 분명히 만나곤 했다. 꿈의 내용은 언제나 비슷했다. 그의 복장이 조금씩 바뀌거나 모자가 아니라 커다란 양말을 들고 있거나 말의 순서가 조금씩 바뀌거나 한 적은 있지만 대개 내용은 같았다. 그는 나를 발견하고 나에게 말을 걸고 M의 안부를 묻고 그리고 사라져갔다.

에리히는 훌륭한 교사였다. 그는 긍정적인 면에서 엄격하고 재치가 있었으며 여러 학생들을 가르쳐보았으므로 개인에게 적당한 교습 방법을 어렵지 않게 찾아낼 줄도 알았다. 그리고 그는 내가 궁극적으로 원하는 것을 먼저 물어본 유일한 교사이기도 했다. "읽고, 마침내는 쓰게 되는 것"이라고 내가 대답하자 "그것은 불가능할지도 몰라. 그러나 시도해볼 수는 있겠지" 하고 말했는데, 그것이 불친절하거나 모욕적으로 들리지 않고 오히려 굉장히 정직하며 지적인 평가로 여겨졌다. 일주일에 한 번은 혼자서 수업을 받았고 한 번은 두 명의 중국인과 함께했다. 에리히에게 수업을 받는 기간 동안은 그가 엄격했음에도 불구하고 즐거웠으며 숙제가 많아도 괴롭다는 생각은 들지 않았다. 그리고 그 두 명의 중국인, 어느 경우는 교사 자체보다도 같이 수업을 받는 사람들이 더 큰 문제가 될 수 있었지만 에리히의 학생인 그 두 명의 중국인은 에리히보다도 더 유쾌했다고 할 수 있다. 그 당시 나는 행복했다. 그래서 주변의 모든 것들에게 너그러워져 있었다. 나는 에리히와 함께 석 달을 공부하기로 약속하고 돈을 미리 지불했다. 마지막 달이 되었을 때 에리히는 물었다.

"쓰기 위해서는, 가장 먼저 무엇을 해야 하지?"

나는 대답하지 않고 머뭇거렸다. 에리히의 질문에서 나는 그가 이제 나에게 작문 숙제를 내려 한다는 것을 알아차렸다. 나는 작문을 할 자신이 없었다. 독일어로 쓰인, 오류투성이에다가 유치하기 짝이 없는 내 작문을 다른 사람이 읽는다는 것은 상상만 해도 소름 끼쳤다. 그러나 언젠가는 반드시 해야 하는 일이기도 했다.

"잘 모르겠는데."

나는 여전히 머뭇거리면서 딴전을 피웠다.

"쓰기 위해서 가장 먼저 할 일은, 일단 쓰기 시작하는 거야. 무척 간단하잖아. 안 그래?"

그렇게 해서, 나는 매주 한 번씩 그에게 작문 숙제를 가져
가게 되었다. 두 장의 종이를 가득 채워야 하는 분량이었다.
에리히는 다른 중국인들에게는 영문으로 된 조이스의 『더블
린 사람들』을 매번 일정 분량씩 독일어로 옮겨올 것을 시켰
다. 그들은 영어 실력은 좋았지만 독일어 창작에는 관심이
없었기 때문이다. 중국인들이 엄살을 피울 때마다 에리히는,
"이 정도 영어 텍스트는 이곳에서는 고등학생용이다"라고
했다. 첫번째 작문의 테마로 나는 고심하다가 동물원에 관한
글을 썼다. 제목은 '동물원에 가는 것으로 증명할 수 있는 캐
릭터'였다. 조금 이상하게 늘어진 제목이라는 것은 인정하지
만 나는 마음속으로 그다지 나쁘지만은 않다고 자부하고 있
었다. 그러나 에리히는 제목을 듣는 순간 기묘한 표정을 짓
더니 이해할 수 없는 독일어라고 잘라 말했다. 내가 사용한
거의 모든 단어는 상황에 적절하지 못한 것이며 비유는 어색
하다고 했다. 그가 돌려준 내 작문은 빨간 잉크로 표시한 오
류투성이였다. 완전하게 쓰인 문장이 거의 없을 정도였다.
나는 눈에 띄게(명백하게) 말할 수 있다. 하마는 사물과 상
관없는(사물에 대해서 개의치 않는) 여자이다. 그것은 어둡
다(정확하지 않다). 생각에서 벗겨지려고(벗어나려고) 한다.

나는 너와 절단(절교)하려고 해. 너는 마침내 풍경의 한 부서가(일부가) 되어버릴 거야…… 등으로 문법적인 오류 이외에도 비슷한 형태지만 명백하게 다른 의미의 단어를 사용한 것이다. 게다가 덧붙여진 코멘트는, '이 텍스트의 내용이 잘 이해되지 않음'이었다. 나는 몹시 자존심이 상해서 그것에 대해서 M에게 말하지 않았다. 두번째는 '독일인들의 실내장식'이라는 제목으로 썼다. 긴 문장을 쓰지 않으려고 했고 스스로 정확하게 이해하고 있지 않은 표현은 사용하지 않았다. 그 결과는 마치 유치원생이 써놓은 글처럼 단순하고 평범하기 짝이 없게 보였으나 그것에 대해서 에리히는, 역시 여러 군데 오류가 있었으나, 칭찬해주었다. 그러나 나는 자랑스럽지 않았다. 몹시 부끄럽기도 했다. 그 작문의 내용이란 평범하기 짝이 없는 무의미한 진술들의 집합이었다. 나는 그런 글이 싫었다. 정말 싫었다. 나는 단지 오류와 혼란을 피해가기 위해서 쉽게 쓰이고 쉽게 읽히는 글을 좋아하지 않았다. 내가 쓴 것이라도 경멸할 수밖에 없었다. 그런 글을 쓴다는 것은 그 자체로 상처받는 일이었다. 그런데도 내가 스스로 그것을 썼던 것이다. 하나의 완성된 작문이 아니라 단지 문장을 위한 연습을. 게다가 에리히가 함께 수업하는 중국인들에게 "그녀는 고향에서 작가로 일하고 있어" 하고 소개를 했는데, 물론 중국인들에게 이것은 아무래도 상관없는 일이겠으나 그것 때문에 나는 내 작문이 더욱 형편없게 느껴진 것이다. 오류투성이에 에리히가 전혀 이해하지 못할 독일어, 라고 평했던 첫번째 작문보다도 훨씬 부끄러웠다. 자존심을 다치고 나서 마지막으로 내가 쓴 것은 M에 관한 것이었다.

왜 내가 갑자기 M에 대해서 쓰려고 했는지 그것은 잘 알 수 없다. 작문 숙제로는 너무나 무모하고 부주의한 테마였다. 나는 필연적으로 과도하게 말하고 말 터였다. 그러나 문장을 쓰고 싶은 욕구, 어린아이의 것 말고 진지한 문장을 쓰고 싶은 타오르는 욕구가 결국 조심성을 이겼다. 어쩌면 에리히에게 내가 몇 개 안 되는 유치한 단어로 어설프고 내용이랄 것이 없는 묘사를 하는 것 말고 다른 것도 쓸 수 있음을 보여주고 싶은 허세도 있었을 것이다. 일단 첫번째 문장을 쓰기 시작하자, 통제되지 않는 힘이 나를 마지막 문장까지 이끌었다. 그날 저녁의 일이 기억난다. 저녁이었고, M은 침실에 있었고 나는 M의 거실에서 쓰고 있었다. 우리는 저녁으로 내용물에 물만 부어서 끓이면 되는 인스턴트 모차렐라 치즈와 바실리쿰이 들어간 파스타를 먹었다. 끓는 물에 버터 한 덩어리를 넣고 파스타 국수와 분말 토마토소스가 섞인 내용물을 붓기만 하면 되는 간단한 것이다. M과 나는 모두 요리하기를 싫어했다. M의 경우는 나보다 좀더 심해서 거기에 삶은 감자나 고추, 양배추 등 야채를 첨가하는 것도 귀찮아했다. 게다가 채식주의자가 된 이래 오랫동안 새우나 훈제 연어를 파스타에 얹어 먹는 것도 스스로에게 허용하지 않았다. M은 몹시 마른 체구였다. 가냘픈 체격을 타고난 것은 아니지만 필요 없는 여분의 부드러움을 위해 지방을 축적하지는 않았다. M의 육체는 묘하게 핀족을 연상시키는 편평하면서도 두드러진 이국적인 광대뼈와 넓고 창백하며 반듯한 이마에서 시작된다. M은 키가 크고 어깨 자체가 아니라 흉곽이 넓은 편이었고 골반은 좁았으며 다리는 가늘고 길었다. 살갗은 윤기 없이 창백한 흰빛이었다. M의 육체는 포용력이 있거나 관능적인 것은 아니었다. 그것을 위해서 봉사하고 있지도 않았다. 가장 큰 이유는 M이 말랐기 때문이었다. 그러나 M은 자신이 말랐다는 사실을 인정하지 않은 채, 지나치게 살이 찐 것은 바로 나이고, 적어도 오 킬로그램 이상은 감량해야 한다고 말하곤 했다. 그러나 나는 쉽게 허기를 느꼈고 칼로리가 필요했기 때문에 파스타를 삶을 때 버터를 듬뿍 넣는 습관을 버릴 수가 없었다. 냄비를 열어놓은 채 파스타를 삶았기 때문에 공기 중에는 버터가 잔뜩 들어간 토마토소스의 냄새가 가득차 있었다. 부엌의 바닥이나 찬장 손잡이는 기름기로 미끈거렸고 집안 어디서나 기름과 토마토소스 냄새가 났다. 그래서 기온이 몹시 낮았지만 우리가 밥을 먹은 거실의 창을 열어놓을 수밖에 없었다. 감기에 걸리면 치명적인 천식이 찾아오는 M은 침실에서 책을 읽겠다며 『로베르트 슈만과 클라라 슈만의 편지와 기록』을 가지고 갔다. 처음 만났을 때, 우리는 악수를 했는데 그때 M의 손은 물고기처럼 길고 굴곡 없는 모양이었으나 손바닥이 유난히 거칠고 딱딱했던 것이 인상적이었다. 나중에 들은 바로는 사춘기 시절 거의 매년 초여름에 손바닥이 갈라지고 상처가 생기면서 헐고 새살이 돋아나는 과정을 겪었기 때문이라고 했다. 그리고 M의 청회색 눈동자가 있다. 물고기 한 마리도 살지 않고 풀 한 포기, 물새한 마리도 없는 빙산 한가운데의 겨울 호수처럼, 단 한 번의 응시로 무언의 극치로 치닫는 M의 눈동자 말이다. 나는 피아노, 너는 콘트라베이스, 하고 M은 필하모니에서 말했다. 나는 M에 대해서 쓰지 않을 수 없었다.

에리히는 내 작문을 돌려주면서, 간단하게 칭찬의 말을 했다. 그것은 의례적인 것처럼 들렸다. 붉은색으로 꼼꼼하게 수정되어 있기는 했으나 그 오류는 앞의 작문들에 비해서 훨씬 줄어들었고 게다가 그 정도라는 것도 미미한 수준이라는 것이다. 그것 말고 그는 다른 논평은 하지 않았다. 그는 앞의 작문들에 대해서는 문법적인 것 말고 내용에 대해서도 나에게 질문한다든지 자신의 생각을 말한다든지 하면서 토론하기를 즐겼다. 그러나 M에 관해서 쓴 마지막 작문에 관해서는 그러지 않았다. 그 대신에 이 주일 후에 있을 자신의 생일파티에 M과 나를 초대했다. 우리는 그것을 기쁘게 받아들였다. 에리히의 생일파티에는 그가 가르치는 학생들, 그리고 그가 예전에 가르쳤던 학생들과 그들의 친구들, 에리히의 친구들과 동료들이 초대되었다. 에리히의 학생들은 그와 영어로 대화하기를 원했고 같이 수업을 들은 중국인들도 그랬다. 주방에는 두 개의 테이블이 따로 놓여 있었고 하나에는 채식주의자를 위한 것, 나머지에는 고기를 먹는 사람들을 위한 요리가 준비되어 있었다. 음식도 훌륭했고 사람들은 지성적이고 친절했다. 에리히는 붉은 코가 달린 피에로 마스크를 쓰고 사람들 사이를 돌아다녔는데, 수업중에는 비록 가장 친절할 때라도 학생들을 긴장시키는 편인 까다로운 교사의 모습만을 보여주던 그로서는 이례적이라고 할 수도 있었다. 그러나 M의 말에 따르면 그는 기분이 내키기만 하면 얼마든지 유머러스하고 너그러워질 수도 있는 사람이라고 했다. 우리는 채식주의자들의 식탁 곁에 선 채 냉장고에서 아이스크림을 꺼내고 있었다. 나는 사람들과의 대화에 끼어들기는 무리였으므로 가능하면 자연스럽게 말없이 있기 위해서 식탁 가장자리를 맴돌고 있었고 M은 그런 나를 혼자 두지 않으려고 했던 것이다. 우리는 주방의 희미한 불빛 아래 문득 서로의 팔을 잡고 서 있었다. 그때 나는 M을 만나게 된 것이, 나에게 M이 이 세상의 그 누구와도 다르다는 것이, M도 그렇게 생각하고 있다는 것이, 이런 희열의 순간을 지금까지 살아오면서 단 한 번도 알지 못했다는 것이, 그 모든 것이 순간적으로 벅차서 M의 손등에 입술을 가져다댔다. M이 다른 손으로 내 손을 강하게 잡았다. 내 얼굴이 붉어지고 갑자기 미래의 시간이 강하게 떠올랐다. 나는 아마도 예상하지 못한 곳으로 가게 되리라. 그때 맞은편 복도에서 자신의 학생들에 둘러싸여 있던 에리히가 두 팔을 번쩍 들면서 큰 소리로 우리를 불렀다. 이것 봐, 거기 아가씨들! 힘쓸 만한—이것은 내가 요아힘 덕분에 알게 된 상당히 외설적인 단어여서, 에리히가 그런 말을 썼다는 사실에 나는 깜짝 놀랐던 것으로 기억한다—남자들은 다 여기 모여 있는데 거기서 뭐하는 거야? 나와서 함께 어울리자고!

7

사랑은 쉽게 부정되고 그 정의는 항상 애매모호함 속에 간혀 있고 천박하고 상스러우며 무책임하고 뻔뻔스러우며 변명을 좋아하고 완전히 사라진 다음에도 끈질기게 발언의 기회를 노리면서 모양새를 망가뜨리고 히죽거리고 킬킬거리고 새끼 밴 암컷보다 더 배타적이며 게다가 그 장황한 목소리가 부끄럽게도 한창때의 장미꽃보다 더 빠르게 잊히고 만다. 그것은 아무것도 아니며, 처음부터 아무것도 아니었고 지나간 다음에는 더더욱 아무것도 아니었다. M의 가슴 위에 고개를 대고 비가 내리는 들판 저 너머로부터 들려오던 차갑고도 차가운 비의 발소리를 듣는다. 소리를 내는 마른풀들, 키 낮은 덤불들, 지평선으로 보이는 보랏빛 숲의 그림자, 짐승의 발자국들, 가지를 베어내고 남은 자리들, 추위 때문에 금방 푸르게 변한 맨발들, M의 젖은 눈썹, 해독할 수 없는 지도, M의 숙모의 집 뜰에 서 있던 장미와 숙모의 작은 무덤 두 개와 정원용 호스와 키 낮은 사과나무.

M은 찬장에서 가장 마음에 드는, 전쟁 훨씬 이전부터 있었다는 접시를 꺼냈다. M이 어린 시절, 이 집에서 머물 때 M은 그 접시를 사용했다고 했다. M의 사촌들이 마음에 드는 책과 음반들을 가져가버렸기 때문에 방 하나를 가득 채운 책장은 거의 비어 있다시피 했다. 너무 오래되어 더이상 역할을 하지 못하는 백과사전과 박스에 가득 들어 있는 타이핑된 원고들, 액자에 담기지 못하고 이리저리 굴러다니는 개들의 드로잉, 옛날식 문체로 쓰인 연극 대본들, 삽화가 곁들여진 『바람과 함께 사라지다』와 돌돌 말린 채 뭉쳐진 낡은 잡지들, 지금은 그 이름이 완전히 잊힌 죽은 작가들의 책들, 삼십 년 전에 나온 연출 이론이나 표지가 닳아 있는 뷔히너 희곡집 정도만이 남아 있었다. 그것들은 아무도 원하지 않았던 유품일 것이다. M의 숙모는 한때 꽤 이름이 있었던 극작가였다고 했다. M이 그녀를 마지막으로 만난 것은 M이 여섯 살 때 M의 부모가 동양으로 장기간 여행을 떠나면서 M을 이곳에 맡겨놓았을 때라고 했다. 그 이전에도 종종 M은 이곳에 맡겨졌었다. 그러나

그때 이후 M의 부모는 이혼하고 어쩐 일인지 더이상 여행을 떠나지 않았기 때문에 M은 숙모를 만나지 않고 살았다는 것이다. 너무 어렸기 때문에 숙모에 대한 M의 기억은 거의 전무하다고 했다. 단지 당시에도 나이가 많은 여자였으며, M이 수프를 먹을 때 조금이라도 소리를 내는 것을 아주 싫어해서 무섭게 야단을 쳤다는 것 정도이다. 서재의 창 아래로는 바로 두 개의 작은 무덤과 사과나무가 있는 정원이 내려다보였다. 그 무덤들은 죽은 개들의 것이었다. M은 나와 함께 맨발로 정원을 거닐기를 원했다. 비는 계속해서 내리고 있었고 땅은 딱딱하고 차가웠다. 눈앞으로 보이는 것은 완만한 구릉으로 이어지는 먼 숲과 지평선, 거리 이름과 우체국을 알리는 표지판과 약간 경사진 길이었다. 수도에서 겨우 수십 킬로미터 떨어진 장소였으나 나에게는 땅의 끝, 겨울의 끝에 있는 마을처럼 느껴졌다. 마을은 손바닥만하다고 말할 수 있을 정도이며, 집들은 대개 단층으로 모두 낮았고, 간혹 아주 크고 지붕이 집보다 훨씬 높은 헛간이 있었다. 그러나 어느 헛간 마당에도 인기척은 없었으며 길은 어느 방향에서도 평원을 향해서만 뻗어 있었으며 시야에 나타나는 세상의 대부분은 비가 내리고 있는 하늘이었다. 그곳에서 우리가 본 단 하나의 움직이는 물체는 노란색 우체국 트럭이었다. 트럭은 완만하게 경사진 오르막을 따라 멀어지고 이윽고 마치 마지막 음音이 침묵의 진동 속으로 완전히 흡수되어버리듯이 그렇게 사라졌다. M은 서재에 있는 긴 의자 위에 누워서 눈을 감은 채 가슴에 양손을 얹고 불규칙적인 숨을 몰아쉬고 있었다. 나는 욕실 선반장에서 마른 수건을 찾아내서 M의 맨발을 닦았다.

그때 나는 행복했던가. 그 기간이 섬광처럼 짧게 느껴지기는 했으나, 단지 M과 함께 있었기 때문에 행복했었느냐고 묻는다면 그 대답은 긍정이다. 오랜 시간 동안 나는 그것을 부정할 수 있는 이유를 찾아 헤맸으나 성공하지 못했다. 그러나 그 행복은 단지 화석화된 기억 속에 머물 뿐이다. M은 분명 그 기억 속에 존재하나 또한 그 속에 존재하는 것은 M이 아니었다. 기억 속에 있는 M은 시간과 함께 점점 더 M 자신으로부터 스스로 멀어져갈 수 있을 뿐이다. 그것은 체온이 없고 대답하지 않으며 나를 보지 않으며 M과 같은 모습을 하고 M과 같은 옷을 입고 M의 흉내를 내면서 움직이고 있으나 천박하고 무의미했다. 그것은 M이 아니었다. 시간이 지날수록 기억 속에 있는 M은 점점 더 이 세상에 존재하는 가장 M 아닌 것들의 총체에 불과하게 되었다. 그러나 기억은 그런 식으로만 굳어져갔다. 그래서 이제 나는 M을 모른다. 더이상은 도저히 그럴 수 없을 정도로, M을 모른다.

우리는 서로의 과거를 몰랐고 미래에 대해서도 구체적으로 생각하지 않았다. 과거나 혹은 미래가 존재한다는 것은 슬픈 일이다. 그것은 지나간 오류나 다가올 망각을 나타내는 것이기 때문이다. M은 가끔 아주 격렬한 감정을 표현했는데, 그것은 외국인인 내가 다음해 봄이 되면 돌아가야 하는 입장이기 때문이었다. M은 혼자 남겨진다는 것, 어떤 비합리적인 현상을 수동적으로 받아들여야 한다는 것에 대해서 인정하기 힘들어했다. 아마 M에게 익숙한 감정이 아니었기 때문일 것이다. 우리는 모두 여행자가 아닌 인생을 살아왔다. M은 건강상의 이유이기는 했으나 태어나고 자란 도시에서 멀리 벗어나서 산 적이 없었다. 내 경우도 크게 다르지 않아서, 먼 곳에 떨어져 있는 사람과 친밀한 교제를 맺은 경험이 없었으므로 얼마 지나지 않아 수천 킬로미터나 떨어져 있게 되리라는 생각은 우리 둘 모두를 당황하게 만들었다. 그것을 위해서 무엇을 해야 할지에 대해서 생각하거나 대화하는 것조차도 M의 격렬한 반응 때문에 쉽지 않았다. 나는 비행기를 타고 떠날 것이고, 그리고 곧 다시, 가능한 한 빠른 시일 내에 돌아올 것이다. 그러나 그 빠른 시일이라는 것이 얼마나 걸릴지 확신할 수는 없었다. 나는 한국에서 처리해야 할 복잡한 문제를 여러 개 갖고 있었기 때문에 일단 돌아가지 않을 수 없었으며 돌아오는 날짜에 대해서도 약속할 수 없었다. M의 좌절이나 분노를 이해할 수 있었다. M은 자신의 알레르기 전문 주치의도 없고 필요한 약을 당장 구하기도 어렵고 M에게 해를 끼치는 무슨 또다른 종류의 풍토병이 있을지도 모르는 한국으로 갈 수가 없는 것이다. 그럼에도 불구하고 나는 떠나야 하며, 그것을 결정하는 내 태도의 단호함과 냉정함이 M에게 상처를 준 것이었다. 그러나 나는 선택권을 가지고 있지 못했다. M의 말대로 내가 파리에 있는 M의 의붓자매의 집에서 잠시 머물다가 돌아올 수는 있었으나, 그렇게 한다면 입국사증의 문제는 간단하게 해결할 수도 있겠지만, 그 문제는 표면적인 것이기는 하였으나 결정적인 것은 아니었다. 독일에 머물기 위해서 한국에서 내가 보류시켜놓은 몇몇 문제들을 해결해야 할 시간이 더이상 미룰 수 없는 단계에까지 도달했던 것이다. 게다가 은행에서의 금전적인 문제도 시간 맞춰서 정리해야 했고 이사를 가기 위해서 창고에 보관한 짐도 찾아야 했다. 그런 문제들을 해결하는 데 길게 잡아도 아마 서너 달 정도면 적당하리라는 생각이 들었다. 그러나 문제는 꼬리에 꼬리를 물고 이어졌다. 만일 내가 은행에서 필요한 돈을 모두 구하지 못한다면, 적당한 집을 새로 찾지 못한다면, 짐을 새로 맡길 장소를 찾지 못한다면, 집을 찾고 이사를 하는 데 시간이 생각보다 오래 걸린다면, 필요한 돈이 내가 예상했던 액수를 훨씬 능가한다면, 그렇다면 나는 문제를 처리하는 데 얼마나 시간이 걸릴지 전혀 짐작조차 할 수 없는 입장이 되어버릴 것이다. 보류되어 있는 문제들이 많을 뿐 아니라 그것들 중에서 확정된 것은 아무것도 없었기 때문에 시간이 걸릴 것은 더욱 분명한 일이었다. 내가 M에게 '서너 달'이라고 시간을 약속한다면 그것은 아마도 지켜지지 못할 것임이 분명했다. 나는 M에게 이런 문제들에 대해서 모두 구체적으로 말하지는 않았다. 일단 그것들은 모두 내 문제였고, 금전 문제가 관련되어 있었고 게다가 자세하고 명쾌하게 설명하려고 하면 할수록 내 문장은 길어지고 구구절절해지며 문법적인 오류가 만들어내는 미묘한 틈새마다 질문과 오해가 발생할 수 있으며 그것에 대해서 보충설명을 덧붙여야만 하고 마침내는 그럴수록 더욱더 나는 마치 죄인이 자신을 변명하기 위해서 한없이 구차해지듯 그렇게 남루하고 넝마와 같은 말들을 주섬주섬 늘어놓게 될 것이기 때문이었다. 그리하여 마침내는 그런 과정을 통해서 M은 내가 일단은 돌아가야만 하며, 다시 돌아오는 날짜를 정확히 약속할 수 없는 것에 대해서 마지못해 납득하게 될 수는 있었다. 그러나 그 납득과 함께, 동시에 내가 마치 뭔가를 짐짓 꾸며 말하고 있으며, 늘 변명을 늘어놓고, 자신의 행동을 정당화하기 위해 자의식에 가득찬 설명을 항상 덧붙이며, 나는 말이야, 나는 말이야, 하면서 자신이 남과 다르다는 것을 반드시 말하지 않고는 직성이 풀리지 않는 콧대 높은 중하류급 에고이스트 계층에 속한다는 인상도 함께 받게 될 것이 분명했다. 나는 그것을 원하지 않았다. 단지 납득할 수 있다는 것 말고 그런 과정 후에 M이 더 얻게 되는 것은 하나도 없었고 할 수 있는 일도 없었다. 나는 내가 돌아가는 비행기 안에서부터 M을 그리워할 것이고, 그것은 너무나 분명할 것이고, 다시 돌아오기 위해서, 그리고 다음에는 가능하면 좀더 긴 거주가 될 수 있도록 준비할 것임을 잘 알고 있었다. 나는 M에게 그렇게 말했다. 그러나 M은 그것을 단지 떠나가는 사람이 남아 있는 사람에게 보내는 의례적인 인사 정도로 해석했을 수도 있었다. 그러나, 내 이유가 오직 그것뿐이었을까? 나는 너무 짧은 기간 열중해버린 M과의 관계에 대해서 아무런 두려움도 갖고 있지 않았던가? 너무 오래 사랑하게 되는 것을 두려워하지 않았던가? 그것에서 잠시 멀어져 있고 싶지 않았던가? M이 베를린에 홀로 남게 되는 것을 두려워했던 것처럼 사랑 안에서 그렇게 홀로 남게 되는 것을 나는 두려워하지 않았던가? 마음속에서 일렁이는 의심들을 나는 입 밖에 내어 말하지 않았다. 내가 베를린에 남고

M이 어느 날 가방을 들고 어디론가 먼 곳으로 떠난다고 했다면, 그리고 너를 사랑하고 언제나 생각하지만, 가능한 한 빠른 시간 안에 돌아오기를 간절히 원하지만, 그럼에도 불구하고 확실한 것은 말할 수 없다고 했다면, 그 고통을 어떻게 표현할 수 있을까. 그것은 얼어붙은 가을날 창에 찔리는 아픔, 사랑을 의심하면서 동시에 그리워하고 확인하고 싶어하는 갈등, 홀로 남겨지는 두려움, 자유롭게 떠나는 자에 대한 질투, 사랑을 잃을지도 모르며 이제 너를 모르게 될 것이며 나는 너를 모른다고 말하게 될 것이며 우리는 태초에 그랬던 것처럼 마지막엔 서로에게 낯선 이방인으로 남게 될 것이며 이 모든 것에 대해서 아무런 느낌을 갖지 않는 순간이 올 것임을 알게 되는 예감 때문에 숨이 멈출 것이다. 어느 순간 M은 입을 다물었다. 그리고 몸을 돌리고 창밖을 바라보았다. M은 더이상 그것에 대해서 아무런 말도 하지 않았다. 화를 내지도 않았고 제발, 이라는 말을 하지도 않았다. 날짜를 계산하거나 슬퍼하거나 귀찮게 같은 질문을 퍼부어대거나 하지 않았다. 단지 조용하게, 너의 사정을 이해하고 받아들인다, 고 했을 뿐이었다. 다른 것은 전혀 달라진 것이 없었다. 그때 M은 진정으로, 진정으로 상처받았던 것이다.

　요아힘의 생각과는 달리, M은 부자가 아니었다. 노동자 계층 출신의 요아힘은 전일제 직업을 갖지 않고 살아가는 M이 엄청난 부자라고 생각했지만, 그리고 M이 비싼 돈을 내야만 들어갈 수 있는 음악회를 자주 다니고 책이나 음반을 사는데 전혀 돈을 아끼지 않기 때문에 요아힘은 그렇게 생각하지 않을 수 없었겠지만, 사실이 아니었다. M은 집세를 아주 조금만 내면 되는 어머니 소유의 집에서 살고 있었고 일주일에 사흘이기는 했으나 대학의 언어학 연구실에서 일하고 있었으며 20세기 현대음악에 관한 에세이를 필명으로 잡지에 발표하고 있었다. M은 육체노동을 하는 사람들에게 어느 정도의 열등감을 가지고 있었다. 대학시절 정부에서 주는 보조금을 부모의 재산 때문에 거절당한 때처럼, 경제적으로 어려운 시절을 겪을 때마다 M은 육체노동을 감당해내면서 공부할 수 있는 동료들을 부러워했다. M은 반드시 필요한 경우가 아니면 외출하지도 않았고 치장에 돈을 쓰지 않았기 때문에 내 눈에 M의 생활은 무척 검소하게 보였다. 그러한 생활 태도는 의식적인 절약이라기보다는 오랫동안 굳어진 태도나 습관 같은 것이었다. 실제로 M은 나에게 독일어 교습을 해주면서 크지 않은 그 돈을 생활비에 보태려고 했으니 M이 부자라는 요아힘의 생각은 터무니없는 것이었다. 부다페스트 실내악단이 연주하는 바르토크의 현악사중주를 듣기 위해서 열

홀치 수입을, 아니 그 이상이라도 아무 미련 없이 지불한다고 해서 모두 다 부자라고 단정할 수는 없는 것이다. 호텔에서 보내는 여름휴가나 자동차나 비싼 옷을 모두 포기하고, 혹은 전혀 그런 것들에 대해서 개의치도 않으면서 펜실베이니아대학에서 온, 이해할 수 없다는 점에서 고대 이집트문자와 다르게 보이지 않는 음운구조사슬을 칠판에 가득 그려놓고 도무지 알아들을 수 없는 말을 지껄이는 언어학 교수의 강좌에 그토록 열정을 보이는 것이 경제적인 여유를 모두 누린 계층만이 가질 수 있는 사치스러운 쾌락이라고 간단하게 치부할 수만은 없을 것이다. 나는 M이 부자가 아니며 유한계급이 아니라는 증거를 찾기 위해 이리저리 기억을 헤매고 있다. 그것은 M을 특별한 존재로 분명히 각인시키며 M과 나의 무죄를 증명하는 것이며 M과 나의 관계가 단지 선택의 여지를 가진 한 인간에 의해서 저질러진 우연한 사건이라고 인정할 수 없다는 의지이기도 했다. 요아힘의 생각과는 달리, M은 부자가 아니었고 아니어야만 했다. M이 나에게 눈길을 보낸 것은 M이 부자이고, M이 선택의 여지를 가지고 있었으며, M이 새로운 것에 흥미가 많은 언어학 학위 소유자이고, 지나치게 많은 책을 읽어 아시아 신비주의에 무의식적으로 물들어 있는 문화 수집광이므로, 그래서 조용하고 말수와 움직임이 적으며 사교 범위가 넓지 않고 그러면서도 자신을 지속적으로 자극할 수 있는 지적 토양을 가진 파트너를 갖기를 원했기 때문이라는 의심에서 벗어나기 위한 것이었다. 이런 모든 의미의 함축을 요아힘은 단지 한마디의 표현에 실어버리고는 했다.

"네가, 뭘 했느냐 하면 말이지, 단지 네가 한 것은 M이 부자이기 때문에 좋아한 것, 그것뿐이잖아."

질문이 많은 사랑은 늙은이처럼 제 안에서 서서히 쇠락해갔다. 입을 여는 것의 두려움, 질문을 밖으로 꺼내는 것의 두려움, 의심이 현실이 되는 두려움, 상대편보다 더 많이 자신을 나타내 보이게 될지도 모른다는 두려움. 그리하여 잠시 동안, 분명히 잠시 동안 관계 밖에서 우리의 모습을 살펴보고 싶었던 것은 사실이었다. 나는 M의 맨발을 다 닦은 다음 바닥에 앉아 M의 젖가슴 위에 머리를 기울이고 M의 심장의 고동 소리를 들었다. 내 머리칼은 빗물과 습기 때문에 축축했는데 M은 그것을 가슴에 꼭 안고 있었다. 시간이 얼마나 많이 흘러갔는지, 혹은 그 시간이 얼마나 찰나에 불과했는지, 시간이 어떻게 흘러갔는지, 우리가 시간 안에 있었는지, 아니면 시간이 흘러가는 것을 지켜보고 있었던 것뿐인지, 우리가 단지 서로의 시선 안에서 고정된 채로 우리의 기억이 늙고 나이들고 희미해져가고 두통과 미열을 앓고 서로 마주보면서 창문을 두드리는 두 개의 주먹처럼 생명력 없이 멀어져가는 것은 아닌지. 나는 손가락으로 M의 젖가슴과 사슴처럼 고집스러우면서도 우아한 늑골과 매끈거리면서 열이 있는 배와 소름이 돋아 있는 팔 위를 미끄러져갔다. 연약하고도 연약한 M. 나는 견디나 너는 견디지 못하리라, 그리하여 마침내는 너는 견디나 나는 견디지 못하게 되리라.

에리히는 우리들에게 다가와서 두 팔을 우리의 어깨 위에 걸치고 우리 얼굴을 가까이서 번갈아 들여다보았다. 그의 입술이 경련하듯이, 경멸감을 안고 씰룩거렸다. 그가 말하고 싶어했던 것을 그때 나는 알지 못했다. 에리히가 술을 마신 것은 사실이지만 취할 정도는 아니었다. 그는 술을 마신다 할지라도 취할 정도로 마시는 사람은 아니었다. 그는 무엇인가 말하려고 우리에게 다가온 것이나, 마음이 바뀌었으므로 입을 다물었다. 그는 M에게 고개를 돌리고 나의 마지막 작문이 훌륭했다고 말했다.

"오, 그래? 무엇에 관한 내용이었지?"

하고 M이 물었다.

"단지, 그냥, 내적인 감정과…… 한 편의 시와…… 그리고 음악에 관한 글이었지. 난 네가 이미 알고 있으리라고 생각했는데. 전혀 보지 않았단 말이지? 그대로 계속해서 노력한다면, 요코 다와다처럼 독일어로 에세이를 쓰지 못한다는 보장도 없잖아. 그렇지 않아? 하지만 그렇다고 해도 역시 나는 요코 다와다가 왜 굳이 외국어로 글을 써야 하는지 알지 못하는 것처럼 마찬가지로 너에 대해서도 이해하지 못할 테지."

에리히의 마지막 말은 나를 향한 것이었다.

M이 가볍게 에리히의 팔에 손을 얹고 마치 어린아이에게 하는 것처럼 말하기 시작했다. 에리히, 언어는 말이야, 단순한 기술이 아니고 정신이며, 게다가 네가 생각하는 것보다 훨씬 더 보편적이야. 인종적인 차이나 개체간의 선천적인 차이보다도 더욱…… 그러나 에리히는 농담인 것처럼 M의 말을 잘랐다.

"너의 이상주의를 받아들이더라도 그러나 무엇 때문에 그 보편정신을 찾아 방황하는지 그것이 설명해주지는 못하지. 단지 슈베르트의 노래 때문에?"

아우구스트 폰 플라텐은 굳이 그의 성적인 특수 취향을 고려하지 않는다 해도 격정적이고 우울함에 가득찬 시를 남겼다. 그의 시 「트리스탄」의 마지막에서 그는 이렇게 노래했다.

열망했던 일은 결코 일어나지 않았고
인생의 실을 잣는 세월은 단지 그를 죽이는 살인자일 뿐,
원했던 것을 그는 결코 얻을 수 없었고
그가 열망했던 일은 결코 일어나지 않았네.

슈베르트는 아우구스트 폰 플라텐의 시 중에서 단지 두 편
만을 위해서 곡을 붙였다. 그러나 그는 플라텐의 시가 겨울
이라는 주제와 아주 잘 어울린다고 생각했음이 틀림없다. 실
제로 플라텐의 시에 곡을 붙인 이 노래들은 〈겨울 나그네〉의
전조처럼 보인다. 〈너는 나를 사랑하지 않는다〉는 그중의 하
나이다. 그것은 다음과 같이 시작한다.

내 심장이 산산이 찢어지고 있네.
너는 나를 사랑하지 않는다.

시인의 실제 삶의 내용과 연관지어 시를 해석하고자 하는
사람들은 이 시의 한 구절 구절을 도저히 대치될 수 없는 그
의 마음의 연인이었으나 그의 사랑을 받아주지 않아서 가슴
이 찢어지는 감정으로 자신의 나르시스를 떠나야 했던 버림
받은 시인의 비애와 고독을 노래하는 것으로 설명하곤 했다.

어떤 사람들은 이 시의 마지막 연의, "나르시스 꽃이 핀다고 해도 그것이 나에게 지금 무엇이겠는가/ 너는 나를 사랑하지 않는데" 하는 구절에서 특별히 나르시스 꽃이 젊은 남성의 절정의 미모를 나타내는 꽃이라 하여 시인의 사랑했던 연인의 성별을 상징하는 것으로 간접적으로 풀어내기도 한다.

나중에, 한 슈베르트 애호가의 집에서 열린 개인 음악회에서 나는 그 노래가 완전하게 불리는 것을 들을 수 있었다. 리허설 시간에, 벨기에 출신의 가수는 의자 곁에 선 채 피아노에 맞추어서 가장 처음의 음절을 깊고도 낮은 소리로 시작했다. 내 심장, 처음 나는 분명히 그것만을 들었다. 그가 그것을 발음했을 때 그의 허리 부근에 있던 엄지손가락이 목소리의 현을 따라 올라가듯이 반동하면서 움찔거렸고, 그것이 반복하면서 오래오래 지속되었다. 아주 가까운 곳에 앉아 있던 나는 그것을 자세히 볼 수 있었다. 내 심장, 하고 에리히도 마찬가지로 시작했던 것이다. 내가 제출한 작문에서 인용했던 슈베르트의 노래를 에리히는 분명히 기억하고 있었다.

내 심장, 내 심장이 산산이 찢어지고 있네. 너는 나를 사랑하지 않는다. 너는 내게 말하네, 너는 나를 사랑하지 않는다. 너의 사랑을 달라고 사정하고 애원했는데, 너는 나를 사랑하지 않는다……

낭독을 마친 에리히는 더이상의 말은 하지 않았다. 그러나 이상하게도 모욕을 당했다는 생각으로 내 마음 저 깊은 곳이 얼어붙었다. 진정 그가 나를 모욕한 것인지 정확하게 구분이 가지 않았으나, 분명히 나는 모욕당했다는 느낌을 받았다. 왜 그런지는 몰랐다. 그가 술을 마셨기 때문에? 글을 쓰고 싶은 내 희망을 그가 그다지 좋은 작가로 생각하지 않는 요코 다와다의 예를 드는 척하면서 조롱했기 때문에? ……에리히는 언젠가 수업시간에 중국인들과 함께 '탈주하는 아시아인'이라는 기사에 대해 얘기하면서 요코 다와다의 예를 가볍게 언급한 적이 있었다. 그의 견해는 중립적이고 온화했으나 그가 요코 다와다의 글을 높이 평가하지 않는다는 것만은 분명했던 것이다. "마찬가지로, 너에 대해서도 이해하지 못할 테지"라니. 이것은 조롱인가? 내가 인용한 슈베르트의 노래를 M 앞에서 태연하게 낭독했기 때문에? 에리히는 언제나 나를 약자로 생각해왔던 것이다. 그가 직접 말한 적은 없으나 충분히 짐작할 수는 있는 일이었다. 그에게 내적 언어의 보편성 따위는 아무래도 좋은 것이었다. 나는 언어를 배우는 학생이고, 언어를 배우는 학생이란 펼쳐내 보일 수 있는, 제시할 수 있는 정신세계의 열등함에서, 약자인 것이다. 내가 인

152

용한 슈베르트의 노래에서 그는 나와 M의 관계를 유추했다고 생각한 것이었다. 그러나 그 이상은 아니었다. 그는 자신이 할 수 있는 정도 이상으로는 무례하지 않았고 그 이상으로는 나를 모욕한 것도 아니었다. 그 작문은 내가 스스로 써서 그에게 수정을 받은 것이었고 그래서 나는 아무것도 할 수 없었다. 에리히는 지치지 않는, 열정적인 영어와 독일어 교사였고 내가 만나본 교사들 중에서 가장 엄격하면서도 효율적이었다. 그는 여전히 그렇게 존재하고 있었다.

M은 돌아오는 길에 전차 안에서 나에게 에리히 때문에 화가 났었느냐고 물었다. 나는 그렇지 않다고 대답했다. 그가 내 작문을 비웃은 것은 사실이지만, 분명히 내가 쓴 작문이 맞으므로 계속해서 그를 비난하고 싶은 생각은 없었다. M은 잠시 머뭇거렸다. 에리히에 대해서 변호하려는 듯이, 그러나 나에게는 M이 스스로를 변호하려는 듯이 느껴지는 말투로, 그가 때로 지나치게 냉정한 것처럼 보이기는 하지만 원래 학생들을 공정하고 객관적으로 다루는 태도가 몸에 밴 것뿐이니 심각하게 생각할 필요가 없다고 M은 덧붙였다. 그리고 우리는 잠시 말이 없이 창밖으로 시선을 돌리고 있었다. 전차 안은 난방이 들어오지 않아 몹시 추웠기 때문에 M은 울 스카프로 턱과 입을 가리고 있었다. 그래서 마지막으로 M이, 단

지 순수한 육체적인 호기심 때문에, 더이상의 다른 의미는 전혀 없이, 에리히와 잠자리를 같이한 적이 있다는 말을 했을 때, 그 목소리는 분명하게 들리지 않았다.

음악회가 끝난 후, 슈베르트 애호가는 우리에게 말했다.

"프란츠 슈베르트가 다른 예술가들의 삶과 객관적으로 비교해봐도 짧고 불행한 인생을 살았다는 것은 잘 알려진 사실이다. 그는 평생 동안 가난했으며 무명이었고 무엇보다도 키가 작고 뚱뚱했다. 남아 있는 그의 초상화를 보면 그가 단지 미남이 아니라는 것뿐 아니라 어딘지 모르게 둔하고 우스꽝스럽게 보이기까지 한다는 것을 알 수 있다. 피아노를 연주한 음악가답지 않게 손가락은 '짧고 굵었'으며 심한 근시인데다 과음 때문에 원래 뚱뚱했던 몸은 점점 더 볼품없어져갔다. 당연한 얘기지만 그는 전혀 여자들의 마음을 끌지 못했다. 그가 성병 때문에 병원에 입원했었다는 기록도 있다. 가곡 〈겨울 나그네〉가 최초로 불렸을 때조차도 별 볼 일 없는 것으로 평을 받았으나 그는 자신이 그 작품을 다른 어느 것보다도 사랑하고 있으며 언젠가는 그들도 좋아하게 될 거야, 하고 말했다고 한다. 그는 평생 무시당하는 일에는 익숙해져 있었고 단 한 명의 후원자도 갖지 못했고, 혹은 원하지도 않았다고 하며 죽고 난 뒤 남긴 것은 초라하고 낡은 옷가지와 이불이 전부인 그런 인생을 가질 수 있었을 뿐이다. 그는 타고난 독학자였고 감성적이었으며 억제하는 낭만주의자였다. 기록에 의하면 우리는 단지 수줍고 뚱뚱하고 키가 작으며 근시인, 음악적인 격정에 사무칠 때면 어떻게 표현해야 할지 몰라 입 밖으로 새어나오는 웃음을 참는 사람처럼 떨면서 키득거리거나 시력이 나빠 자신 없게 움츠러들거나 하는 가난한 젊은이를 만날 수 있을 뿐이다. 그러나 우리들 자체는 아무것도 아니며, 단지 우리가 추구하는 것만이 우리의 전부라고 하는 횔덜린의 말처럼, 우리가 들은 그의 음악은 그의 전부이며, 그것을 사랑하는 나의 전부이고 온 영혼으로 말하는 쾌락이고 창세기와 묵시록, 이 세상의 시작과 종말이다."

슈베르트 애호가는 계속해서 우리들에게 말했다. 슈베르트의 음악을 진정으로 발견하게 된 팔 년 전 어느 날 이후 그는 사랑하는 것, 그 마음의 행위의 존재를 처음으로 알게 되었으며 시간의 풍경 위에 그대로 허공에서 멈추어버린 노란 비단 의상을 입은 니진스키가 별들이 되었으며 하늘에서 빛나는 그 별빛들을 처음으로 만났을 때 그 빛을 따라서 그 자신도 마침내 아무도 찾을 수 없는 머나먼 우주의 먼지 속으로 흘러가버렸다고.

8

돌아가야 하는 날까지는 시간이 좀 남았으나 나는 더이상 M을 만나지 않기로 결심했다. M이 대학의 연구실에 있는 동안 나는 두 개의 가방에 짐을 모두 몰아넣고 그래도 가져갈 수 없는 것들은 쓰레기통에 버렸다. 고독으로 돌아가는 것에 대한 두려움이 없었다고 하면 그것은 거짓말일 것이다. 그러나 나는 선택의 여지가 없었다. 망설이거나 우유부단해지거나 자신이나 타인에 대해서 관용을 베풀거나 다른 사람의 행동을 추측하고 계산하거나 무엇이 더 좋고 유리한가를 마음속에서 곰곰이 저울질해보는 것은 전부 역겨운 행동일 뿐이었다. 나는 일 년 계약으로 공동숙소의 방을 빌려놓았기 때문에 먼지가 쌓이고 냉기가 흐르지만 어쨌든 내 방으로 바로 돌아갈 수는 있었다. 다음날은 직접 공항에 나가 비행기의 좌석을 예약할 생각이었다. 나는 다시 처음과 마찬가지의 상태로 돌아왔다. 나는 M을 모르며 M을 만난 적이 없었다. 나는 이 도시와 거리들, 나에게 말을 걸어오는 외부의 모든 것들에 대해서 심각하게 싫증났으며, 집에서 음악을 듣거나 책을 읽는 생활로 돌아갈 예정이었다.

시간이 흐른 뒤에 그 순간에 대해서 냉정하게 의문을 가져볼 때가 있었다. 무엇이 나를 그토록 얼어붙게 만들었는지. 나는 M과 함께 누웠으며 종말처럼 번지는 밤의 소리를 함께 들었다. 나는 M이 잠들 때까지 기다렸으나 나 자신은 잠들 수 없었다. 아무것도 M에게 물을 수 없었으며 M에게서 아무것도 듣기를 원하지 않았다. 나를 깊게 관통했던 것은 소유욕이란 무엇일까, 하는 물음이었다. 그것은 어디에서 오며 과연 용납될 수 있는 것인가. 아름다움, 섬세함, 배려와 관용, 은둔된 평화, 글을 읽고, 음악과 함께 그리고 쓴다…… 그러면서 마침내 찾아낸 영혼의 일치, 그 모든 것들을 한순간에 배반하고 파괴해버릴 만큼 그것은 정당한 것인가. 인간은 왜 소유욕을 가지며 그것이 충족되지 못할 때 짐승처럼 분노하는 것일까. 그 분노가 수천 가지의 음 중에서 긴 시간 동안의 고뇌 끝에 얻어진 단 하나의 극치의 선율, 그 선율의 질서를 엉망으로 만들고 도저히 회복될 수 없을 정도로 짓밟고 모욕하며 천박한 표현으로 스스로를 저주하고 미친 닭처럼 제 살을 쥐어뜯는 추한 모습을 보이는 것을 왜 인간은 그대로 방관할 수밖에 없는가. 왜 인간은 그것에 대해서 아무것도 할 수 없는가. 소유욕은 어디에서 오는가. 왜 그것은 마음속의 긴 여정의 사색에서 얻은 모든 윤리적인 질문들에 침을 뱉고 조롱하는가. 그것을 통제하지 못한다면 과연 인간이 할 수 있는 일이란 무엇이란 말인가. 아니 그런 것을 통제하지 못하면서 인간이 이루어내는 다른 일들이 과연 가치를 평가받을 만한 자격이라도 있단 말인가. 그것은 아무것도 아닌 일이었으며, 단지 육체적인 순수한 호기심만으로 자극된 사건에 지나지 않는다고 말한 M은 조금도 상처입지 않고 여전히 아름다웠으나 나는 아니었다. M은 자신의 세계가 붕괴되는 것을 듣지 못할 것이나 나는 아니었다. M은 나에게 복수하기 위해서 그런 일을 한 것일까? 남아 있는 자가 되어 떠나가는 자를 전송해야만 하는 입장을 역전시키기 위해서, M 자신이 먼저 떠나기로 고의로 결심한 것일지도 몰랐다. 나는 질문하고 또 질문했다. M의 영혼이 나와 함께 있다면, 왜 에리히가 문제가 되는가. 유한하고 그토록 가변적인 육체가 아무것도 아니라면 왜 M과 에리히의 일회적인 관계로 인해 내가 이토록 괴로움을 겪어야 하는가, 그것의 저열함을 분명히 알고 있으면서도 나는 왜 충족되지 않는 소유욕을 버리지 못하는 것인가. 나는 자신을 위한 한마디의 위안이나 변명의 말도 찾지 못했다. M의 몸짓 하나, M의 그림자 하나, M의 목소리 하나까지도 독점하고 싶은 갈증에 시달릴 때, 사랑은 곧 지옥이 될 것이다. M은 그런 식으로 나에게 고통을 줄 수 있었다. M은, M은 마침내 그것을 발견한 것이다.

그러나 내가 가지고 있던 것은 단지 소유욕의 문제, 그것만이 전부는 아닐지도 몰랐다. 자신의 경솔함 또한 나 스스로를 도저히 용서할 수 없게 만들었다. 나는 내가 다른 사람도 아닌 바로 에리히에게 그런 작문을 제출했다는, 자신의 어리석음에 대한 분노 때문에 견딜 수 없는 수치를 느꼈다. 내가 M을 용서할 수 없었던 결정적인 이유는 바로 그 수치심일지도 몰랐다. 비록 의도하지는 않았겠지만 M은 나를 향한 에리히의 조롱에 가담한 것이 되어버렸기 때문이다. 내 수치심 속에서 M은 외설적인 단어를 내뱉는 에리히와 함께 서 있으며 입을 크게 벌리고 웃고 있었다. 내 수치심 속에서 M은 호객행위를 하는 거리의 여자들처럼 과장해서 허리를 비트는 걸음을 옮겼고 에리히의 무릎 위에 앉아 내 작문을 읽었으며 부스럼이 난 얼굴을 쳐들고 추호의 부끄러움도 없이 외설적인 몸짓을 취했다. 나는 고른 숨소리를 내며 잠든 M의 얼굴에서 그 모든 생소한 메시지들을 읽었다. 그러자 그 이전에 M의 얼굴에서 내가 읽었던 수많은 것들, 나에게 찾아가야 할 문장과 노래가 되어주었던, 보편문법과 야만인의 언어가 되어주었던 그 수많은 아름답고 숭고한 의미들이 아무런 항변이나 흔적도 없이 사라져버렸다. 그다음에는 한 낯설고 척박하게 메마른 얼굴이 거기 누워 있을 뿐이었다. 나는 수치심 때문에 어둠 속에서 창백하고 차갑게 질렸다. 숨을 쉬고 있었으나 나는 시체와 다르지 않았다. 나는 매장되었고 내 마음은 땅속에 묻혔다. 그러나 수치심은 조금도 나아지지 않았다. 정녕 내가 괴로웠던 것은 내가 수치를 느낀다는 바로 그 사실이었고, 수치를 느끼는 자신을 너무나 잘 인식하고 있다는 점이었다. 왜냐하면 나는 바로 그 날카로운 수치로 인해서, 동시에 내가 수치를 느낄 수밖에 없는 그 사실을 벗어날 수 없었기 때문이었다. 마침내 수치의 늪 속에서 나는 아무것도 아닌 것이었고, 절대적으로 무의미했으며 존재하는 것은 단지 두 개의 거울 사이에서 무한으로 반사되는 수치심, 그 영상의 반복일 뿐이었다. 나는 수치심을 유발하는 사건을 저질렀고, 그리고 그 사실 때문에 수치를 느끼며, 자신이 수치스러워함을 분명히 알게 되고, 자신이 느끼는 그

숨길 수 없는 수치 때문에 더더욱 수치스러우며, 자신이 수치스러워한다는 그 사실이 견딜 수 없이 수치스러우며 마침내는 무감각 속에서, 오직 수치스럽기 때문에 수치스러운, 그런 자신을 발견할 수 있을 뿐이었다. 나는 알 수 있었다. 그렇다면 진정 역겹고 진정 용서할 수 없으며 정녕 천박한 것은 M도 아니고 에리히도 아닌 바로 나 자신인 것이다. 나는 밤이 다 지나갈 때까지 떨고 있었다. 짧은 순간 떠오른 생각은 M이 반드시 돌아가려고 하는 나에게 화가 났기 때문에 거짓말을 하지 않았을까 하는 것이었다. 그러나 그 생각은 마지막으로 자존심을 지키고자 하는 내 의식이 만들어낸 그야말로 거짓말에 불과하다는 것을 나 스스로도 잘 알고 있었다. M의 눈, 그것을 말할 때의 M의 눈, 단지 순수한 육체적인 호기심 때문에, 라고 말할 때의 M의 눈이 모든 것을 확인시켜주고 있었다. 단지 순수한 육체적인 호기심 때문에. 그렇게 말하면서 M은 내가 상처받을 것을 미리 계산했을 것이 분명했다. M은 에리히가 페니스를 가진 남자이며, 보통의 여자들이 추구하는 보통의 쾌락을 제공한다는 그 사실을 강조해서 말한 것이었다. 그러나 나는 M을 잘 알고 있었기 때문에, 그 말 때문에 에리히에게 질투심을 느끼지는 않았다. M은 에리히를 사랑하지 않았다. 과거에도 그랬고 앞으로도 그럴 것이다. M은 페니스로 인해서 연결되는 관계를 좋아하지 않았다. M은 그것까지 나를 속일 수는 없었다. 단순한 자웅결합의 쾌락에 순응하기에 M은 너무나 독립적이고 너무나 중성적이고 너무나 강하고 너무나 저항적이었다. 나는 그런 M의 모든 것을 지금도 잘 기억한다. M에게 침실에서의 에리히는 속삭이는 바이브레이터와 다르지 않았을 것이라고 확신한다. 그렇게 믿었으며 그렇게 희망했다. 그럼에도 불구하고 나는 다시 한번 절망에 빠졌다. 나는 명분상으로는 M에게 도덕에 관한 질문을 던지고 있었다. 그러나 단지 순수한 육체적인 호기심 때문에 이성과 잠자리를 같이할 때 내가 수치심을 느꼈던가? 도덕적인 저항을 느꼈던가? 정신과 육체의 괴리에 대해서 질문을 던졌던가? 그렇지 않다. 조금도 그렇지 않았다. 나에게 육체적인 관계란, 특히 쾌락을 가지고 오는 육체적인 관계란 신성시될 이유가 없는 것이었다. 그리고 성인이 되기 이전부터 그런 입장을 오랫동안 지켜왔다. 나는 육체적인 행위를 통해 더 가까워지거나 더 멀어지는 관계를 알지 못한다. 그럼에도 불구하고 왜 나는 M을 더이상 받아들일 수가 없는가?

그날 밤 M은 깊이 잠든 것처럼 보였고, 혹은 단지 그런 척하고 있었는지도 모른다.

9

아무리 벨을 누르고 애원해도 내가 문을 열어주지 않자 M은 현관문 앞에서 밤새도록 웅크리고 있었고 다음날 아침 앰뷸런스에 의해 병원으로 실려갔다. 병원에 도착했을 때는 M의 한쪽 무릎이 거의 두 배로 부어 있었다고 들었다. 나는 집안에서 M이 벨을 누르고 현관문을 두드리는 소리를 들었다. 처음에 나는 M을 그런 식으로 떠날 생각이었으며, 동시에 그런 식으로, 그런 식으로만 가능한 한 형태로, M에게 영원히 머물러 있기를 원했다. 내가 만일 문을 열고 M을 집안으로 받아들여서 M과 대화를 나눈다면 나는 모든 것을 망치게 될 터였다. 그것은 내가 에리히에게 제출한 작문 숙제와 같은 과오를 되풀이하는 일이었다. 조급하게 명확히 함으로

써, 도리어 그 표피적이고 외재적인 사실로 인해서 배반당하는 것이다. 거기다가 내가 마음의 분노를 가지고 있지 않았다고 한다면 그것은 거짓말일 것이다. 다른 무엇보다도 우선 나는 스스로를 용서할 수 없었다. 나는 M을 용서하지 못하는 나 자신을 용서할 수 없었다. 그때 내가 M에게 준 고통은 스스로를 벌하는 것과 같았다. 그러나 그 밤이 지나고 나자 세계는 그 자신의 형식을 되찾았다. 나는 행복이나 만족이나 열정이나 자아에 대해서 말하지 않기로 했다. 고통을 극복하려는 심리적인 노력이나 질문들에 매달리지 않기로 했다. 나는 단지 주어진 상황에 자신을 철저히 내맡겼다. 나는 붉고 어두운 흙의 바다 한가운데에 서 있었다. 길의 양옆은 하늘로 치솟은 높은 승리의 기둥들이 아직 남아 있는 사막 한가운데의 잊힌 승전가도였다. 그러나 수천 년 전의 전쟁이나 모래바람 속의 죽음이 나를 감동시키지는 않았다. 그곳에서 벗어나기 위해서, 그러나 특별한 희망이나 기대 없이 계속해서 길을 걸어갔다. 인적 없는 쓸쓸한 승리의 문을 지나 무너진 승리의 기둥 사이를, 그리고 그 사이에 있는 두 개의 사원을 지나고 과거에는 대리석으로 덮였으나 지금은 마지막 석양의 희미한 빛이 그 거대한 남루를 휘도는 먼지바람을 붉게 비추고 있을 뿐인 팔미라 극장을 지나 무덤의 계곡까지. 그리하여 나는, 어이없게 생각될 정도로 짧은 순간 길을 빠져 나왔다. 나는 M과 분리된 후, 그 무엇에도 비유될 수 없는 태고의 광경, 고대 폐허의 도시인 팔미라의 한가운데에 있었으며, 그 사막의 폐허에는 존재하지도 않는 모퉁이를 돌자마자 사람들로 북적거리는 크리스마스 쇼핑센터의 입구에 있게 된 것이었다. 그러나 나는 스스로에게 아무런 질문도 던지지 않았다.

내가 M을 마지막으로 만났을 때 M은 고름이 찬 무릎 때문에 절뚝거리며 걷고 있었다. M의 목소리는 평화로웠으나 눈 밑에 깊게 진 그늘은 수면제 없이는 잠들지 못했다는 것을 말해주고 있었다. 긴 겨울밤이 지나갈 동안 M은 현관 앞에서 기다리고 있었다. 영하의 밤에 피곤과 불면과 절망에서 M이 얻은 것은 엉뚱하게도 무릎관절의 급성 이상이었다. M은 한동안 휠체어 신세를 져야 한다는 진단을 받았으며 절대로 휴식을 취해야 한다는 명령을 받았다고 들었다. M은 한 달 정도 병원에 있었다. 그리고 퇴원하자마자 목발을 짚은 채 나를 찾아왔다. 우리는 차를 마셨다. 이미 달력상으로는 봄이 되었으나 날은 차가웠다. 나는 창문을 열어 마음껏 환기를 했고 욕실에서 이불을 빨았고 기분이 상쾌해졌다. 우리는 음악에 대해서 가벼운 이야기들을 나누었다. 라디오에서는 경쾌하고 아름다운 멘델스존이 나왔고 나는 최근에 새로 산 바흐의 캐논 모음집을 가지고 있었다. 1747년 포츠담에 있는 프리드리히대왕을 방문했을 때 왕으로부터 직접 받은 주제를 사용해서 그가 한 즉흥연주를 토대로 작곡된 것이다. 캐논과 트리오 소나타와 푸가로 이루어진 바흐의 이 〈음악의 봉헌〉은 바흐의 수많은 곡들 중에서 내가 가장 먼저 좋아하게 된 것들이었다. 그러나 나중에 내가 이 곡들이 결국 한 대왕에게 인사로 바쳐진 것이며 그런 의미에서 종교적인 의미의 '제물'이란 뜻을 가진 단어에서 유래된 봉헌이나 헌정 등으로 이름 지어졌다는 것을 알게 되었을 때 많이 실망하게 되었다. 그는 1750년에 죽었다. 이 〈음악의 봉헌〉은 그의 말년의 작품인 것이다. 그는 자신의 죽음이 가까워오는 것을 알고 자신의 작품들을 개정하거나 정리해서 출판하는 것으로 자신의 음악가로서의 삶을 마무리지을 준비를 한 것으로 기록되어 있다. 나는 바흐와 그의 이 〈음악의 봉헌〉에 관해서 짧은 글을 쓰고 있었다. 언제인가 기회가 생긴다면 음악에 관해서 에세이를 쓰고 싶다는 생각을 언제나 갖고 있었던 것이다. 그 이야기를 들은 M은 언젠가 자신이 잡지에 쓴 바흐의 말년의 작품들에 관한 글을 참고로 해도 좋으며 원한다면 집에 있는 그것을 가져도 좋다고 했으나 나는 굳이 그럴 필요가 없다고 대답했다. 왜냐하면 나는 M처럼 음악에 대한 전문적인 글을 쓰려는 것이 아니기 때문이었다. 내가 쓰는 글은 역시 바흐를 좋아했던 비트겐슈타인에 관한 가벼운 이야기로 시작해서 포츠담에 있는 프리드리히대왕의 상수시궁전을 방문하는 것으로 끝날 예정이었다. 나는 아직 완성되지 않은 그 글을 그 자리에서 불완전하고 거친 독일어로 번역해서 M에게 읽어주었다. 내 번역은 몹시 서툴렀지만 M은 끝까지 진지하게 들었다. 그러더니 마지막에 짧은 웃음을 터뜨렸다. 상수시라고? 왜 하필이면 상수시라는 거지? 비록 바흐가 그곳을 방문했었다고 해도, 마치 음악을 따라가는 관광상품의 안내 같군, 하고 그다지 심각하지는 않으나 역시 불평 같은 소리를 냈다. 상수시궁전은 지하철을 타고 도달할 수 있는, 연인들의 산책로 마지막에 위치한 곳이었다. 그곳이 진부한 장소인 것은 맞으나 나 또한 M에게 다가올 여름에 상수시궁전으로 산책을 가자고 부탁한 적이 있었다. 내 불완전한 번역 때문에 M은 눈치채지 못했으나 내가 상수시궁전을 언급한 것은 바흐가 그의 말년의 아름답고 사색적인 음악을 프리드리히대왕에게 '헌정'한다는 이름을 붙여버린 것에 대해서 환멸과 불만을 표시하기 위해서였다. 그러나 M은 고개를 저었다. 한 인간의 명성에 바쳐진 것이든, 재물이나 지위에 바쳐진 것이든, 설사 단지 탐욕과 이기심에 바쳐진 것이라고 할지라도 음악은 그 자신의 모티프가 되었던 인간을 스스로 뛰어넘는 것이다. 그것은 인간의 몸을 빌려 그 안에 머물면서 인간을 능가하는 창조적 예술혼 때문이다. M은 그렇게 믿고 있었다. 그러나 만일 그렇다면, 자신의 음악을 마음대로 한 외적인 인간에게 헌정하는 행위 또한 한 인간의 권리를 넘어서는 행위일 것이다. 예를 들자면 내가 이 음악이 프리드리히대왕에게 헌정된 것을 참을 수 없는 것은, 혹시 음악가가 한때 반했을지도 모르는 천박한 여인네의 이름이 붙여져서 '앞마을 돼지아낙네에게 바침'이란 부제를 달고 있는 것과 마찬가지로 참을 수 없는 일이었다. 끝까지 나는 비판적인 입장을 늦추지 않았다.

이른봄에는 언제나 그렇듯이 하늘은 흐리고 안개가 서려 있는 이른 오전이었다. 관리인이 기르는 개가 공동주택의 축축한 마당을 가로질러 뛰어가는 것이 보였다. 이제 봄이 깊어지면 숲과 묘지와 공원의 나무들이 지니게 될 초록빛은 아직 아무런 징후도 나타내고 있지 않았다. 우리는 다른 것들에 대해서는 이야기를 나누지 않았다. 에리히에 관해서나, 앞으로의 일들에 대해서 말이다. M은 침울해 보였다. 아마 병원 탓일 것이다. M은 병원을 좋아하지 않았다. M은 병원에 있는 동안 머리를 잘랐고 그 머리카락을 모두 가리는 검은 모자를 쓰고 있었다. M은 방안에서도 그 모자를 벗지 않았다. M의 어깨는 모자 아래서 약간 불균형하게 비대칭으로 기울어져 있었다. 나는 창가에 탁자를 가져다놓았고 우리는 식탁 겸 책상인 그곳에 앉아 차를 마셨다. 언제 떠나게 되느냐고 M은 물었고 나는 이 주일 뒤라고 말했다. 언제 다시 돌아오게 되느냐고 M은 묻지 않았다. 대신, 내가 물에 빠지는 사고를 당한 것에 대해서 걱정하는 말을 했다. 나는 물에 빠졌었고, 나는 내가 죽었다고 확신했다. 어째서 그러지 않을 수 있었는지, 지금도 이상하다는 생각이 든다. 그것은 아주 위험했지만 운이 좋게도 나는 살아났다. 그 사고에 대해서 내가 기억하는 부분은 거의 없었기 때문에 나는 M에게 설명해줄 수 없었다. M은 오래 머물지 않았다. 반시간 정도 우리는 함께 있었다. 그것도 거의 대부분의 시간을 우리는 말없이 멘델스존을 듣고 있었을 뿐이었다. 창밖으로는 아직 녹지 않은 눈이 쌓인 돌이 깔린 길과 개가 지나간 마당과 자전거를 매어놓는 쇠 울타리가 내려다보였다. 집안은 현악사중주와 그리고 침묵으로 가득했다. 더이상은 나눌 이야기가 남아 있지 않았고 차도 다 마셨으며 펠릭스 멘델스존의 협주곡도 끝이 났다. 그때 우리는 마치 음악회장을 빠져나오는 사람들처럼 문득 서로 마주보았다. M의 눈동자는 어떤 왜곡도 없이 정면으로 나를 향하고 있었다. M을 정면으로 응시할 생각은 갖고 있지 않았으나 의도하지 않게 짧은 시간 동안 나는 M의 눈동자에 사로잡혔다. 지금, 어쩌면 나는 그 사로잡힌 시간에 대해서, 지나간 그 시간에 대해서 냉정하고 차분하게 묘사할 수 있을 것이다. 그것이 얼마나 어둡고 뜨거웠는지, 혼미하고 그러면서 물속처럼 깊은 동시에 차단되어 있었는지. 타협을 모르고 두려움이 없었는지. 그러나 그날 M의 눈동자는 거기에 또다른 것을 말하고 있었다. M은 수치스러워하고 있었다. M은 자신이 나를 떠나기 위해 선택했던 방법과 그리고 내가 떠난 뒤에도 완전히 나를 떠날 수 없는 자신에 대한 수치스러움을 완벽하게 숨길 수 없었다. M이 우리들의 일에 대해서 결코 입 밖에 내어 말하지 않은 것은, 어떤 종류의 희망이나 기쁨에 대해서도 입에 올리지 않은 것은, 그 보잘것없는 수치심 때문이었다. 그 수치심에도 불구하고 M은 나를 방문했으나, 춥고 어두운 밤을 집밖에서 지새며 나를 기다렸으나, 그 보잘것없는 수치심에 대해서 끝까지 괴로워하고 수치스러워했다. 우리는 친구가 될 수 없었다. 우리는 낯선 사람조차도 될 수 없었다. 서로에게 노예나 적이나 감시병이나 정원사, 그 무엇도 될 수 없었을 것이다. M의 눈동자는 비난과 분노, 실망과 그보다 더한 절망적인 최후의 몸짓도 포함하고 있었다. 그것을 내가 보지 못했다고 한다면 거짓일 것이다. 마지막 작별의 인사를 하기 위해서 M이 몸을 돌리고나를 바라볼 때, 아주 이기적이고 세속적이며 희미한 희망이, 그러나 차갑게 굳은 턱과 일자로 굳게 다문 입술에 의해그 정체가 완강하게 감추어진, 그러한 한편 애절하고도 연약한 희망이 M의 눈빛에 떠오르는 것을 보았다. 나는 지금 정확히 알 수 없다. M 또한 마찬가지로 내 눈빛에서 그것을 읽거나 알아차렸는지. 그러나 우리의 손이 떨리고 심장이 깨지는 소리가 들렸다 해도, 우리가 할 수 있었던 일은 예전에 우리는 사랑했으며 그것을 부정할 수 없음에 대해서 수치스러워하며 지금은 단지 다가올 미래를 두려워할 뿐인, 그런 것이었다. 라디오는 뉴스를 시작했고 M은 자리에서 일어서고목발을 잡으며 마치 다음주에 다시 만날 사람처럼 짧게 작별인사를 했다. 내가 현관까지 내려가는 것을 도와주겠다고 했으나 M은 거절했다. 나는 문 안쪽에서 M의 목발이 계단을서툴게 내려가는 소리를 듣고 있었다.

나는 M에게서 언어를 배우는 대신에 음악을 배워야만 했었다. 혹은 M을 위해서 오랜 시간 무대 위에서 현악기 연주를 했어야만 했다. 만일 우리가 언어가 아니라 단지 음악으로만 대화를 나누었다면, 나는 M에 대해서 아무것도 몰랐거나 혹은 그 반대로 모든 것을 알게 되었을지도 모른다. 나는 M에게서 완전히 놓여나든지 아니면 M을 완전히 가질 수 있었을 것이다. 우리가 서로를 알기 위해서 사용한 언어는 단지 방언에 불과한 것이었다. 그것은 표현이라는 과정을 통해서 M과 나를 모방하고 있었다. 우리가 언어에 의존했기 때문에 그런 식으로 우리의 관계에서 나는 점점 내가 아니었고 M은 점점 M에게서 멀어져갔다. 우리가 음악으로만 대화했다면 일은 다르게 진행되었을지도 몰랐다. 음악은, 그것이 무엇에 바쳐졌건 개의치 않는다. 음악의 가치는 결코, 대왕의 이름으로도, 지불되지 않는다. 그것은 인간을 한없이 용서하면서 동시에 무시하고 능가한다. 음악은 불만과 결핍과 갈증으로 가득한 인간의 내부에서 나왔으나 동시에 인간의 외부에서 인간을 응시한다. 혹은 인간의 너머를 응시한다. 음악을 듣는다는 것은 인간이 그것에 의해서 스스로 응시당한다는 것을 의미한다. 표현. 언어와 음악은 그렇게 공통적이다. 그러나 음악은 전부가 아니면 아무것도 말하지 않는다. 입을 다문다. 음악을 이해한다는 것은 점차적인 과정이 아니다. 그러나 그 모든 행위들에 대해서 인간은 단지 '나는 음악을 듣는다'라고 서술할 수 있을 뿐이다. 나를 사로잡을 무렵, M이 나에게 말한 대로, '음악은 인간이 만들어낸 것 중에 유일하게 인간에게 속하지 않은 어떤 것이다.'

10

　시간이 지날수록 두 가지 상반되는 욕구가 꿈으로 나타났
다. 그 하나는 내가 지금 하고 있는 일을 계속하는 것이다. 그
일이란 다름 아닌 고립된 삶이다. 나는 책을 읽으면서, 음악
을 들으면서 그리고 글을 쓰면서 자신과 끊임없는 대화를 나
누고 있으므로 더이상의 사교는 필요하지 않았다. 내가 먼
저 나서서 적극적으로 타인에게 벽을 두르고 있지는 않았으
나 유감스럽게도 더이상 나를 자극하는 존재는 아무것도 없
었던 것이다. 단지 내가 그 사실을 전혀 숨기지 않는다는 사
실만으로, 나는 너무나 자연스럽게 모두에게서 멀어져갔다.
그리고 나는 그것을 기꺼이 받아들였다. 그것이 바로 고립이
다. 예를 들자면 어느 날 나는 수미와 함께 극장에 간 일이 있

다. 사실 그 영화가 어떤 영화였는지는 조금도 중요하지 않았다. 비록 그 영화 안의 모든 내용이 역겨운 것들이었지만 말이다. 설사 그 영화의 내용이 모든 경박함을 배제한 채 심오하고 사색적인 것처럼 보였다고 해도 역겨움이라는 결과는 절대로 마찬가지였을 것이다. 극장 앞에서 느낀 공포도 그 순간에는 심각했으나 이전의 나라면 대수롭지 않게 여기거나 결국은 극복될 수 있었을 것이었다. 많은 수의 사람들이 두세 명으로 무리지어 재잘거리고 즐거워하고 혹은 기대감에 찬 조용한 미소를 짓거나 일부는 짐짓 꾸며낸 듯한 관심 없다는 표정, 비록 어쩔 수 없어서 이 영화를 보러 오기는 했으나 자신은 이것보다는 좀더 수준 높은 영화만을 즐겨 보며 이따위 영화를 보기 위해서는 단지 약간의 돈과 시간만을 낼 뿐 자신의 값비싼 진지함은 결코 지불하지 않을 것이란 각오를 외면으로 드러내는 표정을 지은 채 극장 주변에 몰려들고 있었다. 그 영화를 보기를 원하는 대부분의 사람들은 그것에 매력을 느끼거나 공감할 수 있는 정도의 젊은이들이었다. 그들이 검은 영화관 내부로 빨려들어갈 때, 그리고 그 행렬이 길게 지속될 때, 그 행렬은 지하철의 플랫폼에서 영화관까지의 도로에서도 이미 형성되고 있었던 것처럼 보였다. 한 방향으로 진행하는 인파, 그것은 나에게 이상하게 불

쾌한 예감을 주었다. 그것은, 이전에는 내가 그토록 예리하
게 느끼지 못했던 불쾌감이며 그러나 동시에 타당성이나 정
당함이 심하게 결여된 불쾌감이었다. 그 불쾌감은 자신에게
도 미심쩍었으며 설명되거나 설득될 수 없는 성질의 것이었
다. 그렇지만 나는 계속해서 점점 더 심해지는 불쾌감을 느
꼈다. 그들이 서로를 밀치거나 무례하게 행동한 것도 아니고
그들의 외모가 혐오스럽지도 않았으며, 도리어 그 반대에 가
까웠고, 질서가 있었고 얼굴에는 미소를 띠고 있었다. 그들
은 단지 영화를 보기 위해서 극장으로 온 것에 불과했다. 그
리고 오직 군중을 혐오한다는 이유만으로 그들을 불쾌하게
여긴다면, 그것은 거기 있는 인파 속 모든 사람이 각자 내심
그렇게 느낄 수 있는 문제였다. 이런 대도시에서 모두는 서
로에게 결국 인파에 불과할 테니 말이다. 그러나 단지 인파
나 군중이 문제인 것은 아니었다. 그들의 무리가 자연스럽
게 한 방향을 향하고 있다는 것, 즐거움과 어느 정도의 기대
에 차서 재잘거리면서 같은 목적으로 한 방향으로 걷고 있다
는 것이, 날은 밝은 햇살이 비치는 기분좋은 오후였고 길가
에 깔아놓은 포석도 깨끗했고 극장 건물은 반들반들 윤이 나
는 화려한 것이었고 모든 사물이 제자리에서 한껏 뽐내고 있
었으나 도리어 그러한 정돈된 윤택함이, 그리고 나아가서는

의도적으로 이러한 인파를 대상으로 만들어진 그 영화가, 마치 먼지와 같아서 큰 집단 속으로 자연스럽게 엉겨붙는 속성의 군중이란 것이, 달콤하고도 유혹적인 군중이란 것이, 눈에 보이는 그런 일상적이고 활기차고 결백해 보이는 장면들이, 그 자체로 견딜 수 없는 추함이었고 경박함과 오류의 증명이었고 육체적인 고통을 느낄 정도로 불쾌했다. 그 느낌은 영화관에 들어가서 영화를 보는 중에도 사라지지 않았다. 도리어 점점 정점을 향해서 치닫고 있었다. 예쁘고 아기자기하게 보이기 위해서 지나치다 싶게 연출된 화면, 그런가 하면 감정을 최대한 드러낸 얼굴을 일그러뜨리고 열연하는 배우, 극장을 가득 채운 사람들의 그림자들, 시작과 종말로 연결되는 이야기의 일관된 흐름, 상투적이고 통속적인 시간들, 문자와는 너무도 다른 화면의 세계, 마지막 한 점까지 그대로 다 드러내 보이며 소모를 목적으로 만들어진 것들, 더 많은 사람, 더 많은 사람, 더 많은 사람의 마음에 들기 위해 노골적인 추파를 던지는 것들, 궁극적으로 군중의 마인드를 생산하고 동시에 철저히 그것에 의해서 만들어지며 단지 그것에 의해 살아가는 것들. 나는 군중의 한 명으로 앉아, 예전에는 나에게 어떠한 무리도 없이 스며들어 나를 통과하고 그대로 흔적 없이 사라져주었던 모든 것들이 마치 거리의 낯모르는 사람이 나에게 던지는 오물처럼 불쾌하게 느껴지는 것에 대해서 납득할 수 있게 스스로에게 설명하려고 노력하고 있었다. 그러나 그럴 수 없었다. 지루할 만하면 적당히 튀어나오는 재치 있는 대사나 유머에도 나는 웃을 수 없었다. 감독이 비장의 카드로 만들어놓은 마지막의 반전에도 아무런 자극을 느낄 수 없었다. 나는 불쾌감을 넘어 마침내 극도로 불행해졌다. 평범한 사람들의 평범한 즐거움과 오락과 일상이 나에게는 심각한 불의不義, 그 자체와 조금도 다르지 않게 보였던 것이다. '나는 고개를 돌리고 태양 아래서 일어나는 온갖 불의를 응시한다……'

수미는 영화가 진행되는 내내 이런 내 상태를 어느 정도는 눈치채고 있었다. 나는 한마디 말도 하지 않고 웃지도 않고 즐거워하지도 않았던 것이다. 그러나 수미는 참을성 있게 내색하지 않고 있었다. 수미는 나와 함께 극장에 가기를 원했고 무슨 영화를 볼 것인가 하는 문제는 상관없다고 내가 말했던 것이다. 수미는 영화가 지루했기 때문에 내 기분이 나빠진 것이라고 생각하고 그것에 대해서, 사실 그럴 필요가 없었으나, 사과했다. 나는 영화가 지루한 것은 아니었고, 사실 지루함의 문제는 전혀 중요하지 않았으며, 단지 그 통속성을 견디기 힘들었고, 통속적인 가치의 미화도 역겨웠으며,

보여주기 위해서 만들었다는 의도가 노골적이어서 천하게 느껴졌으며, 그런 영화를 보러 오는 군중들 사이에 내가 있다는 사실도 받아들이기 힘들었다고 말했다.

"당신은 이상해요."

수미는 긍정도 부정도 아닌 표정으로, 그러면서도 나를 설득하려는 의지를 가지고 말했다.

"영화가 마음에 들지 않았다면, 정말 미안하게 생각해요. 내 마음에 쏙 든 것도 아니죠. 하지만 이 영화는 젊은이들의 사랑이 테마인 거예요. 그렇게 생각하고 가볍게 보면 그만인 거예요. 영화나 사랑이나 젊음이나, 그런 것들은 원래 통속적인 거라고요, 당신의 표현대로라면. 통속적인 것을 보러 와서, 그것이 통속적이라고 불평한다면, 이상하지 않나요?"

"내 말은, 이 영화가 유난히 기대에 어긋나게 심하게 통속적이라는 뜻이 아니에요. 나는 사람들이 영화를 즐기기 위해 몰려와서, 어떤 집단적인 영상의 주입을 받고 동시에 다시 몰려나가는, 그런 행위를 말하는 거예요. 당신을 탓하는 것은 아니지만, 그리고 당신의 잘못은 하나도 없지만 나는 심하게 상처받았어요. 그것에 대해서 내가 당신이 이해할 수 있을 정도로 충분히 설명할 수 없다 해도, 용서해요."

수미는 말없이 몇 번 눈을 깜박거리면서 가만히 있었다.

나는 그 영화가 수미에게도 별 의미가 없음을 잘 알고 있었다. 수미는 단지 가벼운 외출을 하고 싶었을 뿐이며 내용이 아무래도 상관없을 무난한 영화를 고른 것에 불과했다. 수미가 먼저 나에게 이유를 묻지 않았다면 나는 수미에게 아무런 말도 하지 않았을 것이다. 그러면서도 나는 내 해명이 수미에게 고집불통의 불평이나 기분파의 즉흥적인 신경질로 들릴 것에 대해서, 그래서 수미가 마음이 상할 것을 염려하지 않을 수 없었다. 나는 가능하면 간단하게 설명한 다음에 수미가 그것을 이해하든 그렇지 않든 화제를 끝내고 싶었다. 그러나 수미가 그 이유에 대해서 더한 설명을 요구한다면 나는 계속해서 말하지 않을 수 없었다. 그러지 않는다면 수미는 근거 없는 내 불쾌함에 대해서 더욱 오해를 할 것이기 때문이었다.

"당신이 영화를 싫어하는 줄은 정말 몰랐어요. 아무런 말도 해주지 않았으니까요. 하지만 아무래도 좋아요. 미리 말해주었더라면 극장에 오자고 하지는 않았을 텐데요. 하지만 당신 같은 사람은 처음 봐요. 얘기해줄 수 있어요? 왜 그렇게 싫어하는지?"

"나는…… 그런 정도로 '용이한 접근성'을 가진 것도 싫고, 그렇게 의도적으로 많은 사람의 마음에 들기 위해 만들어진 것도 싫어요."

"하지만 자신과 조금 맞지 않는다고 해서 무조건 얼굴을 찌푸리고 금방 기분이 나빠지다니요. 난 결코 당신을 비판하고 싶지는 않지만 그런 태도는 균형이 결여되어 자신을 다스리지도 못하고 관대함도 부족한 상태에서나 나오는 것인데요. 오해하지 말아요. 난 당신이 그런 사람이라고 생각하는 것은 아니고 단지 당신의 태도가 당신을 그런 사람처럼 보이게 할 수도 있다는 것을…… 아니 그런데 당신, 얼굴이 창백해졌어요. 땀도 흘리고 있군요."

쇼스타코비치의 회고록을 읽다보면, 그가 어린 시절에 대해서 묘사해놓은 부분이 오랫동안 기억에 머문다. 도입부에서 그는 이미 자신의 회상록이 그 자신의 것이 아닌 다른 사람들의 회상으로 이루어진 것임을 밝힌다. 그것은 오직 비춰지는 대상으로서의 기억과 세계에 대해서 말하고 있다. 자신의 모습은 다른 사람들의 기억과 그들의 세계에 머물 것이다. 그는 '돌이켜보면 내가 본 것은 폐허와 산더미처럼 쌓인 시체들뿐이었다'고 말한다. 그러나 가장 인상적이었던 것은, 그의 어린 시절에 일어난 일은 아니지만 한 재능 있는 젊은 영화감독이 영화를 만들기 위해서 소를 산 채로 불에 태워 죽인 사건이다. 감독의 생각으로는 영화를 만들기 위해서 소가 불길에 휩싸이는 광경이 필요했다는 것이다. 그러나 아무도 소에 자진해서 불을 붙이려 들지 않자 마침내 감독은 스스로 소에 휘발유를 끼얹고 불을 붙였다고 했다. 그리고 소가 불에 타 죽으면서 미친듯이 날뛰는 광경을 촬영했다. 그 감독은 젊은 시절의 안드레이 타르콥스키였다. 쇼스타코비치는 고통에 대해서, 그것이 누구의 것이든 이야기를 듣다보면 자신도 역시 모든 것에 대해서 고통을 느낀다고 썼다. 쇼스타코비치는 어린 시절부터 이유 없이 죽어가는 많은 사람들, 그런 현실이나 세상의 잠재적인 가능한 폭력에 대해서 유독 두려움을 가지고 있었다고 한다. 소를 불태운 것에 대해서 생각하면, 위대한 사람들의 그런 행위들은 예술을 위해서 옹호될 수 있는 것일까. 만일 그렇다면 그 한계는 어디까지일까. 그 고통이 무엇을 보상해주는 것일까. 그것이 희생자를 필요로 할 때라고 해도, 예술을 증오한다는 것이 과연 가능할까. 의도적으로 고통을 주고 더욱 아름답고 진지하게 보이려고 하는 것이라면 그것을 예술이라고 불러도 좋을 것인가. 혹은 예술이란 것은 인간의 오감이나 지성을 능가하는 어떤 영역의 것으로, 그것에 대한 판단은 보편적인 도덕률을 초월하는 힘에 의해서 이루어지는 것인가. 그 장면의 인상은 오랜 시간 동안 나에게 시각예술, 더 구체적으로 말하자면 연출된 화면에 의한 감동으로 이루어지는 영화예술에 대해 회의를 갖게 만들었다.

수미는 근심스럽게 내 얼굴을 들여다보았다. 그러더니 커피 탁자 위에 놓인 내 손을 자신의 두 손으로 꼭 감싸잡았다. 나는 좀 당황했다. 수미는 공개적인 장소에서 노골적으로 애정을 표시하는 편이 아니었다. 수미의 손은 놀랄 만큼 따뜻하고 손가락이 길고 날씬하며 손바닥은 부드러웠다. 수미는 나이는 어리지만 어른스럽고 균형잡힌 사고의 소유자였다. 수미는 책이나 음악과 같은 정적인 일을 그다지 좋아하지는 않았으나 일단 대화가 시작되면 결코 뒤지지 않을 정도의 감각을 가지고 있었다. 화장술이나 패션에도 뛰어났다. 매우 세련되어 보이는 외모이면서도 마음은 소박하고 친절했다. 그린피스, 야생동물 보호, 반전 평화운동, 채식주의(수미는 커피에 넣는 우유조차 허용하지 않았다), 티베트 불교, 발랄라이카 연주, 시베리아 지방, 사형제도 폐지나 레즈비언 어머니들을 위한 모임까지, 수미가 관심을 갖거나 가졌던 테마는 다양하고 무궁무진했다. 수미는 각각 스위스인과 한국인인 부모 사이에서 태어났고 부모의 두 가지 문화에 대해서 거의 완벽하게 습득한 경우이므로 문화적인 토양의 풍부함은 어디서나 돋보였다. 그날 본 영화에 대해서도, 수미는 완전한 한국인인 나보다 더 이해하고 더 포용하고 즐길 수 있었던 것이다. 수미는 분별 있고 영리했다. 매력적인 외모라고 생각하는 사람들도 있었다. 그러나 그날 영화관에서 나와서서 먹는 커피 테이블에서 대화를 나누면서 나는 점차 내 불쾌감이 수미라는 구체적인 대상을 향하게 됨을 알았다. 수미가 그 영화를 선택했기 때문도 아니고 수미의 어떤 말이나 구체적인 행동이 나에게 불쾌했기 때문도 아니었다. 수미의 말대로 그 영화는 수미에게도 무의미한 것이었다. 비록 수미가 최소한 극장 안에서는 그것을 즐겼다 할지라도 말이다. 그것 때문에 수미가 비난받는다면 부당한 일이리라. 수미는 자신의 일상의 환경을 받아들이는 긍정적인 천성대로 행동했을 뿐이었다. 수미는 자신에게 주어진 환경에서 마음껏 영양을 섭취하면서 자유롭게 유영하는 물고기와 같았다. 냉정하게 관찰해보면, 수미가 가지고 있는 것 중에서 수미 자신에게서 나온 것은 아무것도 없었다. 지식이건 스타일이건 수미는 환경에서 최대한 많은 것을 빨아들이며, 학교나 단체나 집회에서 배운 것을 이해하고 실천하기도 했다. 겉으로 보기에 수미는 건강하고 확고하며 공명정대해 보였다. 그러나 그렇지 않았다. 수미는 어떤 의미로든 매스미디어의 각광을 받지 않거나 시각적인 쾌감을 주지 않는 것에 대해서는 둔감한 편이었다. 아니 그런 것들에 대해서 친절했으나 냉담했다. 수미가 알거나 믿고 있는 것들은 엄밀하게 말하자면 각종 미디어에서 배운 것이라고 할 수 있다. 수미가 사랑하는 것은 비극적이고 이타적으로 보이는 종류의 화제 그 자체였다. 수미는 인간이 가장 비속하게 오감에 충실할 때 사랑하게 되는 것들을 스타일리시하게 사랑하고 있었을 뿐이었다. 단지 그것을 위해서 지나치다 싶은 해석과 변명과 명분과 휴머니즘과 인과관계를 가지고 있었던 것이다. 그런 식으로 자신을 표현하는 욕구를 발산하고 있었을 뿐이었다. 수미는 혁명과 가장 멀리 떨어진 존재이면서도 그것의 이름으로 불리는 것에 대해서 아무런 저항이나 죄의식을 갖지 않고 도리어 쾌감을 느끼는 21세기의 잡동사니에 불과했다. 수미는 그런 식으로 그 안에서 마음껏 개방적이면서 동시에 기묘한 폐쇄성을 가지고 있는 하나의 세계로 명명될 수 있었다. 영상의 언더그라운드, 은둔을 중계하는 텔레비전, 대중친화적인 파괴자로 말이다. 수미는 마음에 드는 것과 마음에 들지 않는 것을 명확히 구분해냈으며 마음에 드는 것들에게 명분과 이름을 부여했다. 수미 자신에게도 역시 마찬가지였다. 표면적으로 수미는 비합리적인 폭력에 대항해서 싸웠으나 역시 그 중요한 동기는 불특정 다수인 수많은 타인의 마음에 드는 것,

타인의 마음을 빼앗는 존재가 되는 것, 혹은 그런 존재를 추종하는 것, 사회 안에서 이루어지는 유형, 무형의 정서적인 권력을 획득하는 것이었다. 수미가 가치를 부여하는 것은 그 개별적 대상이 아니라 추상적인 무리로 존재하는 캐릭터 상품과 같은 어떤 유형이었다. 그 모든 것이 내 마음 안에서 명확해지자 수미에 대한 감정이 빠른 속도로 식어갔다. 그날 수미는 나에게 인파 이상의 어떤 것은 아니었다. 그것 때문에 나는 죄책감을 갖기도 했으나 역시, 그 이상은 아니었다. 수미는 어린양처럼 결백하고 순결하나 역시 인파 이상은 아니었다. 수미가 가지고 있는 온갖 매력적인 요소들, 사람을 빨아들이고 긍정적으로 작용했던 요소들은 그대로 군중성의 특징과 일치하게 되었다. 나는 더이상 군중을 견딜 수 없을 것이고 그들을 수용하는 극장을 견디지 못할 것이고 그들의 마음에 들려고 하는 영화를 견디지 못할 것이고 그 모든 것들을 역겨워하지 않고 도리어 즐길 수조차 있는 수미를 견딜 수 없을 것이다. 수미는 유일한 존재가 아니었다. 수미는 거대 인파의 한 사람으로, 수천수만의 많은 수미가 있다. 그러므로 내가 불특정 명사로서의 수미를 견딜 수 없다면, 나는 당신들 모두를 견딜 수 없다는 말과 같은 의미가 된다. 나는 그런 내 생각을 숨기지 않았다.

또다른 욕구는 M에 관한 것이었다. 나는 M을 만나고 싶었다. 이제 더이상 M이 없으리라는 것을 잘 알고 있었으나 그리고 그 M은 더이상 과거에 사랑했던 M이 아님을 잘 알고 있었으나 나는 M을 찾아다녔고, M을 그리워했다. M은 다른 모습으로 나타날 수도 있었다. 한때 나는 수미가 바로 그 M이라고 생각한 적도 있었다는 것을 부끄럽게 고백한다. 언제나 상쾌하고 기분좋은 수미의 냄새, 눈길이 처음 마주쳤을 때, 그것을 피하지 않고 더 깊이 들여다보기 위해서 다가온 수미의 친밀성 있는 태도, 큰 키와 아름다운 어깨와 등의 곡선, 나는 언제나 키가 크면서 암말처럼 건강하고 우아한 뼈를 가진 여자들을 좋아했다. 모나지 않은 성격과 풍부한 화제와 그러면서도 자신의 취향에 대한 완강한 고집을 유지하는 것, 그러나 나중에 깨달은 사실이나, 그것만으로 수미를 M이라고 생각할 수는 없었다. M은 단순한 아름다움이나 미덕으로 칭송받는 존재가 아니었다. 도리어 M은 한눈에 매력적으로 보이는 요소들을 가지고 있지 않아야 했다. M은 몇 마디의 구호나 텔레비전 토론으로 설명될 수 있는 존재가 아니었다. M은 마치 그림이 전혀 없는 책과 같았다. 내가 영혼을 바쳐 읽지 않으면, 나는 M을 영원히 알 수 없게 되는 그런 존재 말이다. 나는 내가 M을 일생에 단 한 번밖에 만날 수 없으며, 그 기회를 영영 잃었다고 인정할 수 없었다. 그래서 나는 M에 대한 그리움을 멈추지 않았다. M에 대한 그리움이 없었다면 나는 군중 사이를 산책할 필요가 없었을 것이다. 그것이 아니었다면 나는 사람들의 얼굴을 바라보거나 말을 걸 필요도 없었을 것이다. M을 만날지도 모른다는 기대가 없었다면 내가 수미를 알 수 있었을까? M이 있으며, M을 만날 수도 있다는 생각이 오랫동안 나를 지배했다. 마지막 작별인사를 건네기 전의 M의 눈동자, 그 사로잡힌 눈동자를 다시 만나는 것이다. 그러나 내가 어디서 M을 찾아야 하는지 나는 알 수 없었다.

11

    과거와 현재 그리고 미래라는 시간의 순차적인 연속은 단지 그것이 눈에 보이는 형태로만 그렇게 존재할 뿐이다. 우리들의 정신세계에서는 그러한 연속은 실재하지 않는다. 우리에게 진실로 친근한 실재가 알려주는 것은 단지 엄격한 의미에서는 현재란 존재하지 않는다는 사실뿐이다. 시간의 고리는 구형으로 되어 있으며 서로 관통하고 작용한다. 그것은 다원적이고 다층적이다. 나의 음악적인 사고는 그곳에서 출발한다.

    베른트알로이스 치머만은 1968년 나온 『작곡가의 작업』에서 그렇게 썼다. 그의 마지막 작품은 종교적인 것이었는데,

'나는 고개를 돌리고 태양 아래서 일어나는 온갖 불의를 응시한다'였다. 이 구절은 솔로몬의 설교서의 다음과 같은 한 부분인데 세속에 대한 비관으로 가득찬 내용이다. '나는 고개를 돌리고 태양 아래서 일어나는 온갖 불의에 고통당하는 사람들을 본다. 그들이 눈물을 흘리고 있으나 어디에도 위안은 없으며 그들을 억압하는 힘이 너무나 강해 아무도 그들을 구원해주려고 하지 않는다. 그러므로 나는 이미 오래전에 죽은 사람들을 지금 살아 있는 사람들보다 더욱 찬양한다. 그보다 아예 태어나지 않아 그 비참함을 아무것도 보지 못한 사람들을 더욱 찬양한다.' 그것은 장중하고 무거운 목소리로 시작되며 두 명의 화자와 베이스 솔로와 오케스트라가 등장한다. 솔로몬의 설교서 외에 또다른 텍스트는 도스토옙스키의 『카라마조프가의 형제들』에서 인용되었다. 음악학교에서 주관한 '러시아문학과 음악의 밤'을 방문하기 전까지 나는 베른트알로이스 치머만이라는 이름에 대해서 들어본 적이 없었다. 설사 들어본 적이 있다 할지라도 이전에 그는 단지 '볼프강 림'이나 '프란츠 슈레커' '존 케이지'나 '피에르 불레즈' 혹은 '윤이상'처럼 내가 들어보지 못했거나 아직 잘 알지 못하는, 그러나 상당히 많은 실력 있는, 혹은 그렇게 충분히 인정되는 20세기 음악가들의 리스트의 한 부분으로만 인상지어져 있었을 것이다.

실제로 음악이 생생하게 연주되는 연주회장에 가는 것은 두근거리고 신비하며 특별하고도 뛰어난 경험이 된다. 그러나 동시에 그것은 불안과 가슴이 조여드는 초조함과 마지막 순간까지 결정을 망설이게 되는 팽팽히 당겨지는 신경증을 동반하기도 한다. 모든 연주회는 예외 없이 두 가지 종류로 나눌 수 있다. 큰 극장에서 열리는 유명하고 이름 있는 연주자의 그것과 무명이고 아직 확증받지 못한 실력을 갖춘 연주자의 것이다. 음악의 극치감을 만나는 기회는 전자의 경우 더욱 확실하지만, 그것은 유감스럽게 더욱 큰 인파의 속성과 부딪힌다는 위험을 감수해야만 한다. 끊임없이 터져나오는 기침, 인내심 없이 줄기차게 부스럭대는 소리, 조심성 없는 단체 관람객, 대개 한 번 정도는 울리는 전화벨 소리, 조바심치는 몸짓들, 만원인 카페테리아, 예매의 어려움, 연주자의 손가락이 피아노 건반 위에서 머물다가 이윽고 건반을 떠난 다음에도 마치 마법처럼 오랫동안 계속되는 그 진동과 여운 속에서 숨을 멈추고 있으면서도 동시에 언제 그 화려하고도 고독한 극치감이 갑작스럽게 터져나오는 소음으로 방해받을지 모른다는 불안감을 완전히 떨쳐버릴 수 없는 것, 그 두려움 때문이다. 게다가 소리에 대한 신경질적인 예민함은 스스로 증폭되면서, 관중들의 소음뿐 아니라 극장에서 가장 좋은 자리에서 듣는 소리와 그렇지 못한 경우를 비교하게 되고, 무엇이 더 좋은지에 대한 분명한 결론을 알지도 못한 채 극장의 구조에 대해서도 불만을 가지게 되며 객석의 위치는 이런 각도가 좋은지 아니면 다른 각도를 시도해보아야 하는지 초조해지기도 하고 피아노나 음향장치, 진동, 연주자를 판정하는 태도, 이런저런 헐뜯음, 시시콜콜한 비교, 어느 연주자의 연주가 다른 연주자의 연주보다 좋았다든지 그렇지 못했다든지 혹은 이런 점에서는 이 연주자가 뛰어나다고 보이나 다른 점에서는 저 연주자가 더 우수하다든지 하는 취향에 관련된 적의 섞인 악담이나 단지 비평자 스스로를 과시하기 위한 수많은 비판들 그리고 최종적으로 어떤 속물적인 오만함에 가득찬 음향학이나 구조학에 관한 평가들까지 만나게 되는 것이다. 실상은 음악을 가장 잘 듣기 위해서였을 이런 모든 노력들이 아마추어의 마음을 가진 소심하고 은밀하게 사랑하는 구애자들이 역설적으로 연주회장으로 다가가는 것을 두려워하고 주저하게 만든다. 물론 운이 좋아 순수하게 비밀스러운 희열만을 간직한 채 연주회장을 빠져나오게 되는 경우도 있다. 그러나 명성이 드높은 연주가일수록, 매스미디어의 애호를 받는 연주가일수록, 수식어가 많은 연주가일수록,

수상 경력이 화려한 연주가일수록 연주 자체의 평가와 큰 상관 없는 외적 요인들로 인한 불쾌감을 가질 확률이 크다. 그럼에도 불구하고 자신의 이름에 책임감을 가지는 연주자들, 명성에 충분히 어울리는 연주자들을 만나는 것은 기쁨 중의 기쁨이다. 또한 그런 식으로 나는 연주자들뿐만이 아니라 잘 모르던, 잘 알지 못하여 제대로 들을 수 없었던 새로운 음악가들과 연주회장에서 불현듯 재회하기도 한다. 이것이 내가 여러가지 거북함에도 불구하고 직접 연주회장을 찾는 가장 큰 이유이다. 이런 식으로 나는 아주 어린 시절부터 큰 감흥 없이 들었던 리스트와 쇼팽을 새롭게 만났던 눈부신 경험을 가지고 있다. 벨라 바르토크와 베른트알로이스 치머만도 마찬가지이다. 그것과는 반대로 소박한 연주회에는 또다른 소박한 기쁨이 있다. 거대한 인파를 움직이는 장력에 의하지 않고 자신만의 자유로운 산책으로 느끼면서 연주회장을 찾는 것이다. 그런 곳에서 만나는 연주가 고급 안목을 가진 사람들을 언제나 만족시키지는 못할 것이다. 새로운 음악가를 새로운 방법으로 만나게 될 가능성도 낮다. 그러나 깊은 가을 저녁에 열리는 교회의 바흐 음악회, 극장의 소강당에서 열리는 첼로 독주회, 피아노오중주, 컴퓨터와 두 대의 바이올린에 의한 지극히 실험적이며 완벽하게 선율을 배제한 음악학교 졸업생의 작품, 열망하고 있는 젊은 연주가들, 자신이 무엇을 사랑하는지 분명하게 알고 있는 사람들, 극장에서 쇼스타코비치를 멋지게 연주했던 현악사중주단을 만나는 우연한 즐거움은 그 나름대로의 가치가 충분했다. 그것은 낙엽을 밟으며 하는 저녁의 산책과 마찬가지로 너그럽고 여유 있으며 이름과 날카로운 독설에서 해방되어 있으며 자신과 세계를 돌아보고 정신의 어두운 곳에 도사린 비평가의 까다로움과 불안을 잊게 해주었다. '러시아문학과 음악의 밤'도 마찬가지였다. 그것이 열리는 극장은 부유한 주택가가 밀집한 곳에 있었는데 순회버스를 타는 시간을 잘 알지 못했던 나는 밤 열시가 넘은 시간에 지하철역에서 극장까지 꽤 먼 거리를 걸어가야만 했었다. 나는 혼자였으나 전혀 두렵지 않았다. 개 짖는 소리가 간혹 들렸으나 사람은 아무도 보이지 않았다. 모퉁이를 돌거나 작은 십자로가 나오면 희미한 가로등 불빛 아래로 달려가 지도를 펼치고 거리 이름을 읽었으며 나뭇잎의 사각거림이나 내 발소리도 놀랄 만큼 크게 들리는 침묵에 싸인 고요한 밤의 거리를 번지수가 적힌 흰 팻말을 찾아 돌아다녔다. 그런 식으로 내가 만난 것이 베른트알로이스 치머만이었다. 돌아오는 길에 시간은 자정을 지났고 역시 사람의 그림자는 보이지 않았으며 밤은 냉정했고 길가로 이어지는 숲은 검고 바람이 귀를 스쳐지나갔으나 나는 조금 멍한 채로, 방금 전 내가 들은 것에 대해서만 집중하고 있었다. 음악에, 음악을 향해서 모든 것이 복종하게 되어 있던 사람들이 죽음이 가까이 다가오고 스스로 그것을 느낄 수 있을 때, 죽음이 그들의 테마가 될 수밖에 없을 때, 죽음이 전능하며 삶의 모든 것, 이라고 고백하지 않을 수 없을 때, 그런 순간에 만들어진 음악을 처음으로 인식한 것은 쇼스타코비치의 마지막 소나타를 들었을 때였다. 구소련의 명망 있고 성공한 특권층에 유명 인사였으나 동시에 꼭두각시이며 군중에 의해 모욕받고 조롱받는 외로운 개인이었던 모순된 그의 생애에 대해서 읽게 된 것은 나중의 일이다. 그날 나는 다시 치머만의 마지막 두 작품을 들었다. 그가 인용한 시구들은 종교적인 텍스트에서 가져온 것이나 그 내용은 종교적인 차원에 국한된 것은 아니었다. 나는 그가 사유의 한 방법으로서 종교적인 텍스트와 바흐의 칸타타와 대심문관의 서사시를 인용했을 것으로 믿었다. 그는 세속적인 의미에 들어맞는 종교적인 사람은 아니었을 것이다. 그의 마지막 작품은 그가 고의적으로 이 세상에 작별을 고한 한 방식이었기 때문이다. 그 작품을 완성한 지 오일 후 베른트알로이스 치머만은 자살했다. 그는 심각한 우울증으로 고생한 것으로 기록되어 있다.

다시 서울로 돌아갔을 때 경제적인 상황은 내가 생각하던 것보다 훨씬 더 나쁜 방향으로 진행되고 있었다. 은행의 잔고는 바닥이 난 지 오래고 다른 수입이 있을 가능성은 전혀 없는데다 그동안 부동산 가격의 폭등으로 집세를 올려주어야 할 형편이 된 것이다. 나는 다음해 겨울 노르웨이나 핀란드에서 잠시 지낼 장소를 찾겠다는 생각을 그야말로 상상 속으로 영원히 날려버려야만 했다. M이나 요아힘 모두 내가 그 생각을 처음 나타냈을 때 어리석은 계획이라고 말리기는 했으나 눈 쌓인 북쪽 항구에서 겨울을 보내는 것은 오래된 내 꿈이었다. 나는 자동차를 팔았으나 그것은 그다지 큰 도움이 되어주지 못했다. 나는 친척에게 집을 사용하게 해준다는 조건으로 얼마간의 돈을 빌렸다. 넉넉하지 못했으나, 아니 솔직히 말하자면 몹시 불안한 상황이었으나 도리어 그런 상황이 글을 쓰는 데 도움을 주었다. 현재의 자신에게 더더욱 아무런 애착을 갖지 않게 되었기 때문이었다. 가장 적절한 시기에 읽었던 치머만의 그 말처럼 엄격한 의미에서 당시 나에게 분명한 현재란 존재하지 않았다. 나는 미래와 과거 사이의 어느 유동적인 부분에 머물고 있을 뿐이며 미래 혹은 과거가 지금의 나의 상태에 영향을 주고 있었으며 글쓰기로 인해서 나는 미래 혹은 과거의 어느 순간에 다시 나로 나타나는 것이다. 그런 식으로 나는 M을 생각했다. M은 이미 내 안에서 죽고 없었으나 그리고 그로 인해서 나는 더이상 슬퍼하거나 분노하지도 않으나 그럼으로 더욱 M은 내게 가까이 머물렀다. 그런 식으로 존재하든 존재하지 않든, M을 표현하는 것이 내가 궁극적으로 쓰고자 하는 의미가 되고 있었다. 그것은 상실감도 충족감도 아닌, 마취되었으며 동시에 아주 냉정하고 사실적인 상태였다. 나는 내가 머무는 시간과 장소를 잊었다.

혹은 내가 그해 겨울 어느 장소에서 이 글의 일부분을 쓰기 시작했는지 알 수 없다. 그것은 M에게 편지를 쓰기 위해 시작되었을 가능성이 높다. 내가 M에게 무엇인가 쓸 수 있다는 가능성만으로도 내 책상은 그것이 어디에 있든 지상에서 가장 빛나는 장소가 되었다. 동시에 나는 이미 나와 M 사이에는 아무것도 남지 않았다는 분명한 사실을 글을 쓰고 있을 때는 마치 전혀 모르는 듯이 행동했기 때문에, 그곳은 망각을 망각함으로써 위안을 얻는 장소이기도 했다. 나는 슬픔을 잊기 위해서, 더이상 슬프지 않다는 그 사실을 잊었다. 글을 쓰기 시작할 무렵, 나는 오후의 긴 낮잠에서 깨어났을 때처럼 허망함과 무기력함, 그리고 상실감을 동시에 갖는다. 불이 켜지지 않은 빈방과 창가에 존재하는 부드럽고 먼 저녁빛, 딱딱한 나무의자와 책상, 아무도 없는 방. 나는 책상으로 다가간다. 잠에서 깨어나 이미 잊었으나, 그토록 자신을 고백하는 꿈들은 아직 나를 완전히 떠난 것은 아니었다. 지금은 하늘의 불타는 석양, 그리고 지상의 어둠, 그것의 시간이다. 그때 사물은 각자의 목소리를 가지고 나에게 말을 걸어왔다. 저녁 하늘의 마지막 빛에 의지해서 나는 쓰기 시작한다.

어느 날 요아힘은 편지를 보내와서, 자신이 1월에 슐레스비히홀슈타인으로 여행을 가 있는 동안 베니를 돌봐준다면 그의 집에 머물러도 좋다고 했다. 그리고 추신으로 만일 원한다면 함께 슐레스비히홀슈타인으로 갈 수도 있다는 것이다. 그러면서 그는 내가 언제나 북쪽으로만 가고 싶어했던 기억을 일깨워주었다. 반사적인 무감각으로, 나는 거절의 편지를 썼다. 어느 순간부터 나는 정녕 아무 곳에도 가고 싶지 않았던 것이다. 그러나 곧 마음이 바뀌었다.

12

이제 우리는, 쿤데라식으로 말해서, 등장인물들이 이름을 갖지 않은 비밀의 세계로 들어가게 된다. 그것은 꿈의 세상과 같다. 굶주림, 질병, 혼란, 이별, 저주, 망각, 무지와 천박함, 모든 인간의 고통이 그 세상에 여전히 있으나 단지 이름을 갖지 않을 뿐이다. 시간이 1월의 마지막에 도달할 무렵 내 산책은 점점 길어져서 마침내는 시테포슈와 그 언저리의 숲에까지 이르렀다. 시테포슈는 전쟁 이후 프랑스인 장교 거주지로서 도시 안에서 작은 또다른 분위기의 도시를 이루었던 곳이다. 아직도 라신 거리나 디드로 거리라는 표지판을 만날 수 있었다. 그러나 이제 프랑스어로 된 몇몇 식당의 간판을 제외한다면 시내 변두리의 다른 곳과 별 차이점이 없었다. 해는 아직 지지 않았으나 날은 어두웠다. 숲속과 같은 오래된 금속빛의 그늘이 거리와 집들, 차도와 숲에서 나와 운하로 흘러들어가는 작은 시냇물 위에도 드리워졌다. 하늘의 한 귀퉁이는 언저리가 분홍빛인 구름으로 반짝이고 있었다. 그러나 강한 붉은빛이 감도는 어둠은 지상의 모든 사물에서 정체와 자신만만함을 빼앗아버렸다. 숲 언저리에는 사용하지 않고 버려진 철로가 깔려 있었고 그것은 마른풀들로 덮여 있었다. 양옆으로는 커다란 자물쇠를 채워놓은 창고나 사용하지 않는 정원, 낡은 물건들을 쌓아놓은 공터가 이어졌다. 눈이 녹아서 숲 안쪽 길은 진창투성이였다. 공터를 둘러싸고 있는 목재 담벼락 위로 아무렇게나 자라난 마른 덩굴이 늘어졌다. 공기 중에는 습기 찬 곰팡이 냄새와 자동차 냄새가 희미하게 떠돌았다. 가까운 곳에 고속도로가 있었다. 누구도 그곳을 산책하기에 아름다운 장소라고 말할 수는 없으리라. 더이상 사람들이 살지 않는 그곳은 황량했다. 노란색으로 칠해진 사각형 아파트 건물이 멀리 드문드문 보이기는 했으나 그 모습들은 저녁의 어둠에 가라앉아 우울하고 풀이 죽어 있는 것처럼 보였다. 낙엽과 눈과 풀숲에 가려진 길의 형체가 분명하지 않아 나는 자주 발을 헛디디곤 했다. 이윽고 철로가 끝나는 지점을 만났다. 길은 차단되고 더이상 연결되지 않았다. M이 아직도 시테포슈에 살고 있을지 그것을 나는 모른다. M이 무슨 병을 앓고 있는지도 알 수 없다. 내가 시테포슈에 간 것은 M을 생각해서가 아니었다. 나는 알렉산더광장에서 가장 먼저 온 전차를 갈아탔고, 그것이 나를 시테포슈로 데려가주었을 뿐이었다. 나는 완전한 밤이 찾아올 때까지 산책길에 머물렀다. 구름 사이로 둥글고 붉고 커다란 달이 모습을 나타내었다. 길가에 자리잡은 밤의 카페는 사람들로 가득하고 음악과 웃음소리가 드높았다. 모퉁이에서 나타난 멕시칸 식당은 마당에 바비큐를 준비하고 있었다. 흐린 유리창을 통해서 보이는 얼굴들이 흥분과 절정으로 붉게 달아올라 있었다. 촛불을 밝혀놓은 테이블 위에는 먹다 만 음식이 담긴 접시와 찻잔, 그리고 담배와 와인잔 들이 어지러웠다. 나는 한 모퉁이 카페에서 간신히 빈자리를 하나 발견하고 앉아 커피와 모차렐라 토마토 샌드위치를 주문했다. 실내의 공기는 김이 서린 듯 눅눅하고 담배 연기가 자욱했으며 사람들로 가득함에도 불구하고 한기가 느껴졌다. 내 주변에 앉은 사람들은 맥주를 마시면서 미친듯이 높은 목소리로 이야기를 나누고 있었으며 팔을 흔들어대거나 흥분해서 자리에서 몸을 반쯤 일으키기도 했다. 웨이트리스는 쟁반을 들고 그 사이를 요령 있게 돌아다녔으며 화장실에 다녀오는 사람이나 담배를 사러 가는 사람, 이야기에 취해서 자리에서 일어나서 돌아다니는 사람들과 부딪치는 것을 피하려고 소리를 지르고 있었다. 유리창을 통해서 나는 마지막 석양빛이 검은 하늘에 칼에 찔린 듯 날카로운 흔적을 길게 남기고 있는 것을 보았다. 그것은 지상의 유일한 빛이었으며 장막에 가려지지 않았고 망설임과 죄의식이 없었으며 붉고 가슴이 터질 듯이 인상적이고 마치 유일한 계시처럼 마음에 파고들었다. 다시는 오지 않을 것처럼, 두 번 다시는 오지 않을 것처럼 말이다. 눈 내린 다음, 또다시 폭설이 찾아오기 전의 인적 없는 거리의 겨울 저녁, 미처 깨끗하게 치워지지 못한 유리창 앞의 작은 일인용 탁자에 앉아 나는 점점 희미하게 유리창 안으로 멀어져갔다. 이름 없는 나는 커피를 마시고 샌드위치를 먹은 다음 다시 전차를 타고 그곳을 떠났다. 내가 시테포슈를 방문한 것은 단 한 번 그때뿐이었다.

문을 열고 방안으로 들어갔다. M은 책상 곁에 서 있었다. 창으로 빛이 스며들어와 M의 모습이 반쯤은 금빛으로 빛나고 반쯤은 그늘 속에 잠긴 상태였다. 나를 보자 M은 성큼성큼 큰 보폭으로 다가왔다. 그리고 손을 내밀었다. 우리는 악수를 했다.

"M."

M은 그렇게 말했다.

그리고 우리는 소파에 가서 앉았다. M은 회색 울 스커트에 목 부분이 풍성한 풀오버 차림이었다. 허리에는 검은 가죽 벨트를 매고 있었다. M이 나에게 몸을 가까이 돌렸을 때 그 제야 나는 비로소 M의 얼굴을 자세히 볼 수 있었다. 첫번째 인상은 우선 놀랍도록 창백하다는 것이었다. 그리고 나는 그 토록 충격적일 정도로 중성적인 얼굴을 본 일이 없었다. 눈 길이 마주쳤다. 나는 피하고 싶었으나 그러지 못했다.

"우선 네가 어느 정도 읽을 수 있는지 그것이 듣고 싶은데. 이걸 읽을 수 있겠어? 아무 페이지나, 천천히 읽어도 상관없 어."

M은 책장으로 다가가서, 잠시 손으로 책들을 스치다가 그 중 한 권을 뽑아들고 다시 다가왔다. 표지는 내가 알지 못하 는 것이었다. 나는 중간쯤의 페이지를 펼치고 읽으려고 노력 했다. 턱수염을 기르고 안경을 쓴 한 남자의 흑백사진이 있 는 페이지였다. 나는 그가 아마도 의사나 신문기자나 아니면 물리 교사일 것이라고 짐작했다.

"과거와 현재 그리고 미래라는 시간의 순차적인…… 연 속은 단지 그것이 눈에 보이는 형태로만…… 그렇게 존재할 뿐이다."

첫 문장을 더듬거리며 간신히 읽은 다음 나는 M을 바라보
았다. 설마 계속해서 읽으라는 것은 아니겠지? 하는 의미였
다. 그 문장은 내가 전혀 이해할 수 없는 것이었다.

M은 눈으로 왜 계속하지 않지? 하고 물었다.

"무슨 말인지, 전혀 이해할 수 없어."

"지금 너는 이해할 수 없어도, 나를 이해시킬 수는 있어.
그러다보면, 시간이 지나면 너도 알게 될 거야. 학교에 들어
갈 생각이니?"

나는 고개를 저었다. 그리고 어쨌든 계속해서 읽기 시작했
다.

"우리들의 정신세계에서는 그러한 연속은 실재하지 않는
다. 우리에게 진실로 친근한 실재가 알려주는 것은 단지 엄
격한 의미에서는 현재란 존재하지 않는다는 사실뿐이다. 시
간의 고리는 구형으로 되어 있으며……"

나는 책을 덮었다. 나는 간단한 일부 동사를 제외하고는
문장의 의미를 전혀 파악할 수 없었으며 이런 방법은 너무
무모하거나 너무 무의미하다는 생각에서 벗어날 수 없었다.
M은 아무 말도 없이 내가 계속하기를, 혹은 책을 놓고 나가
버리기를 기다리고 있었다. 우리는 그런 식으로 서로를 지켜

보면서 가만히 있었다. M은 처음부터 내 마음을 끄는 유형은 아니었다. 만일 그런 유형이라는 것이 존재한다면 말이다. 그러나 호기심을 자아내는, 단지 일반적이지만은 않은 어떤 점이 M의 몸짓, 눈길, 태도에 분명히 스며 있었다. 그것은 압도당하고 싶은 욕구와 동시에 연민을 불러일으키는 속성이며, 의지로 이루어진 관능과 동시에 그것의 자발적인 차단으로 보이는 성질이었다. 그것은 오랜 시간 오직 스스로의 기준에 의해서 고독하게 살아온 사람들에게서 느껴지는 모습인 것처럼 보였다. 교습법에 대한 불안을 느끼는 중에도 나는 M에게 서서히 끌려가고 있었다. 내 표정에서 M은 당황과 불안을 읽었을 것이다. 그러나 M은 흔들리지도 않았고 침착해 보였다. 그러나 나중에 M이 고백하기를, 그때 자신도 몹시 떨렸으며 진정하기 위해서 두 손을 꼭 움켜쥐고 있었고 심지어 우리들에게 다가올 가까운 미래에 대해서도 미리 짐작할 수 있었다는 것이다. 무릎 위에 손을 올리고 단정한 자세로 앉아 있던 M이 그 상태로 자세를 바꾸지 않은 채 내가 중단한 부분을 계속했다.

"……서로 관통하고 작용한다."

나는 간혹 한국으로 돌아오기 전 홀로 겨울 츠빙어궁전에 들렀을 때 만난 키가 작고 짧은 머리의 아이슬란드에서 온 교사풍의 여자를 기억한다. 그녀는 나에게 다가와 아무런 인사도 없이 첫마디에 (정말 멋진 영어로) 이름을 물었다. 그녀는 소박하면서도 좀 차가워 보이는 인상으로 수수한 검은 털 코트로 몸을 감싸고 있었다. 그녀는 내 이름을 간절히 알고 싶어했다. 그녀는 수년 전에 한 여자친구와 헤어졌는데 그 여자친구가 나와 너무 흡사하기 때문이라고 했다. 그녀는 더이상은 설명하지 않았다. 단지 외모가 닮았기 때문인지 아니면 내가 혹시 잃어버린 그녀의 과거의 여자친구일지도 모른다는 생각 때문인지. 그녀의 여자친구가 어느 나라에서 온 사람인지는 알 수 없었으나 절대로 내가 아니라는 것만은 확실했다. 나는 그녀를 몰랐다. 그러므로 내가 이름을 말하면 그녀는 아마도 실망할 것이 분명했다. 그녀가 M일 리는 절대로 없었다. 그러나 도대체 인간이 무엇을 정녕 확신할 수 있는가. 마침내 내가 이름을 말하자 그녀는 원망스러운 듯한 표정을 짓더니 몸을 돌리고 여학생 같은 몸짓으로 얇은 얼음이 덮인 궁전 마당을 가로질러 달려가버렸다. 그녀는 왜 자신의 여자친구의 얼굴을 제대로 기억하지 못하는가. 나를 알아보지 못하는데, 단지 임의적 기호일 뿐인 그 이름이 무슨 의미가 있단 말인가. 그녀는 진정 M이었을까.

책상 앞에서 나는 계속해서 쓴다. 페터 한트케의 말처럼, '단지 글을 쓰고 있을 때만이, 나는 비로소 내가 되며 진실로 집에 있는 듯이 느낀다.' 그러므로 어디에서 왔으며 어디로 가는가, 그것은 아무것도 말해주지 않을 것이다.

문학동네 장편소설
에세이스트의 책상
ⓒ배수아 2021

1판 1쇄 2003년 12월 29일
1판 7쇄 2018년 9월 10일
2판 1쇄 2021년 6월 30일
2판 3쇄 2023년 4월 17일

지은이 배수아
책임편집 강윤정 | 편집 홍유진 이재현 김영수 이희연
디자인 김이정 유현아 | 저작권 박지영 형소진 오서영
마케팅 정민호 김도윤 한민아 이민경 안남영 김수현 왕지경 황승현 김혜원
브랜딩 함유지 함근아 박민재 김희숙 고보미 정승민
제작 강신은 김동욱 임현식 | 제작처 한영문화사(인쇄) 경일제책(제본)

펴낸곳 (주)문학동네 | 펴낸이 김소영
출판등록 1993년 10월 22일 제2003-000045호
주소 10881 경기도 파주시 회동길 210
전자우편 editor@munhak.com
대표전화 031) 955-8888 | 팩스 031) 955-8855
문의전화 031) 955-3576(마케팅) 031) 955-2678(편집)
문학동네카페 http://cafe.naver.com/mhdn
인스타그램 @munhakdongne | 트위터 @munhakdongne
북클럽문학동네 http://bookclubmunhak.com

ISBN 978-89-546-8040-0 03810

www.munhak.com